LA PEINE DU TALION

PAR

JULES LACROIX.

I

Après le Bal.

— Oui, vous me rendez le plus malheureux des hommes ! madame ; vous n'avez pas d'égards pour mes cheveux blancs ! Oubliez-vous que vous êtes mariée ?

— Je ne croyais pas l'avoir oublié, monsieur, et je ne comprends rien à votre mauvaise humeur...

—Quoi ! madame, danser toute la nuit avec un jeune homme ! s'afficher de la sorte !

Il était deux heures du matin, et cette querelle conjugale s'enflammait de plus en plus. Qu'on se représente, dans une chambre à coucher éclairée par une veilleuse d'albâtre, une jeune femme blonde, déguisée en bergère des Alpes, dont la figure fraîche et douce contraste avec la physionomie rébarbative d'un vieillard en habit noir, qui tient sa canne à pomme d'or et son chapeau. Elle est assise sur un canapé, et, comme pour affecter un air d'indifférence, elle joue avec son éventail et pose ses jolis pieds sur les chenets encore chauds. Parfois, un léger bâillement entr'ouvre sa petite bouche et découvre une rangée de belles dents blanches comme de l'ivoire. Le vieillard est debout, il accompagne d'un geste furieux chacune de ses paroles ; sa voix tremble, son front ridé est sillonné de grosses veines qu'on dirait près d'éclater.

C'est M. d'Escas, riche Provençal, marié depuis trois ans à la fille d'un général mort sans fortune. Bien qu'il ait passé la soixantaine, il aime sa femme avec tout l'amour d'un jeune homme, avec frénésie ; mais cette idée, qu'il n'a pas d'enfant, et qu'il n'en aura jamais, cette idée le torture et corrompt son existence. Son grand âge et la beauté de Léontine le rendent jaloux, soupçonneux, il voit peu de monde ; trois ou quatre amis, voilà toute sa société. Cependant, ce soir-là, pour complaire à sa femme qui se plaignait de vivre dans l'isolement, il l'avait conduite chez le vicomte de Beaujoin, qui donnait un brillant bal masqué. Les plus jolies femmes de Paris s'y trouvaient, et tout ce que la Chaussée-d'Antin possède de fashionables tourbillonnait dans les riches salons du vicomte. C'était un mélange d'éblouissans costumes et de magnifiques toilettes qui faisait de la valse une longue chaîne de fleurs, et qui frappait l'imagination de vertige. Madame d'Escas, une des plus éclatantes beautés de cette réunion, avait dansé déjà plusieurs contre-danses avec un Figaro admirablement tourné, dont le visage était couvert d'un masque de velours, et qui lui parlait souvent bas à l'oreille ; son vieux mari ne la perdait pas des yeux, et chaque fois que la main du beau cavalier pressait la main nue de sa danseuse, M. d'Escas serrait les poings comme s'il allait s'élancer sur l'inconnu. Enfin, la blanche bergère des Alpes, toute prête à valser, abandonnait sa taille fine à l'heureux Figaro, quand le vieillard, interrompant la valse, prit le bras de sa femme, et, sans répondre aux questions, l'emmena hors de l'hôtel. Mais, dès qu'il fut rentré chez lui, alors il se vengea d'avoir gardé si long-temps le silence, il laissa partir toute sa colère, il fulmina, frappa du pied, et voulut absolument savoir quel était l'insolent qui s'était permis de valser avec sa femme et de lui faire la cour en plein bal.

— Madame, disait-il, je veux connaître le nom de cet homme, et si vous me le cachez plus long-tems, je serai tenté de croire...

— Croyez tout ce qui vous fera plaisir, monsieur, reprenait la jeune femme ; je vous ai déjà répété dix fois que cette personne m'est inconnue comme à vous ; je ne vois pas à travers les masques, et vous savez bien que ce jeune homme était masqué.

— Ainsi, vous l'avouez, madame, c'est un jeune homme ! Vous avez dansé toute la nuit avec un jeune homme ! Voilà comme vous me récompensez de ma faiblesse ; mais c'est la dernière fois, je vous le jure, car vous ne remettrez jamais le pied dans un bal. Quelle abomination ! vous m'aviez promis de ne pas valser, et vous avez souffert qu'un étranger appuyât sa main sur votre épaule ; tenez, cette main-là vous a marquée comme un fer chaud !...

— Mais vraiment, monsieur, vous êtes ce soir d'une galanterie charmante ; vous employez des expressions d'un pittoresque !... Un fer chaud ! Mais c'est très bien ! j'aime beaucoup cette comparaison....

— Madame, interrompit vivement le vieillard encore plus irrité, vous pensez me donner le change et détourner la conversation, mais vous n'y parviendrez pas ; cessons de plaisanter, je vous prie ; à défaut d'amour, vous me devez au moins du respect : car j'ai des cheveux blancs, je suis forcé de vous le rappeler, et je ne souffrirai pas qu'on les outrage.

Il y avait de la dignité dans cette figure et cet accent de vieillard offensé ; madame d'Escas en fut émue, et bien qu'elle n'aimât point son mari, dont l'âge et le caractère lui convenaient peu, elle ne put cependant se défendre d'un sentiment de pitié, qui, peut-être au fond, n'était qu'un remords ; elle prit avec douceur la main décharnée du vieillard, et le conjura de se calmer.

— Mon ami, soyez raisonnable, ne vous faites point de mal ; doutez-vous de mon attachement ? Si vous saviez combien je suis malheureuse quand je vous vois en colère !

Ce peu de mots, prononcés d'une voix mielleuse, produisirent l'effet que madame d'Escas en attendait ; toute la fureur de son mari s'évanouit aussitôt. Il posa sa canne et son chapeau sur une console, et vint s'asseoir auprès de sa femme, en lui baisant respectueusement la main, comme pour demander pardon; mais elle comprit sur-le-champ ce que cela voulait dire, et que l'obstiné vieillard allait employer la douceur pour obtenir un aveu qu'il n'avait pu gagner par la violence. Cette réflexion la fit malignement sourire; elle se promit bien d'être sur ses gardes et de ne pas tomber dans le piége de son interrogateur.

M. d'Escas la contemplait toujours dans un muet ravissement; sa main ne quittait pas celle de sa femme; on voyait qu'il était profondément touché, mais qu'une pensée douloureuse le préoccupait.

— Vous êtes la meilleure des créatures, dit-il enfin, j'ai tort de vous parler quelquefois avec brusquerie, j'en conviens; mais il faut un peu d'indulgence, ma bonne amie; à mon âge, on est défiant, et comme on n'a plus les avantages de la jeunesse, on craint le ridicule, et de servir de texte aux plaisanteries de ces jeunes fanfarons, qui sont heureux quand ils peuvent jeter de la boue sur un vieillard. — Oui, ma Léontine, je voudrais avoir plus de force d'âme, mais tout ce qui ressemble au ridicule me fait peur, je ne pourrais pas le supporter; ainsi, respecte ma faiblesse : que les plus éhontés calomniateurs n'aient pas une parole à dire sur ton compte, car le plus léger propos qui touche à mon honneur m'entre dans l'âme comme un poignard.

— Tenez, vous êtes un jaloux, répondit madame d'Escas, avec un singulier mélange de reproche et de tendresse.

— Mais vous, Léontine, n'êtes-vous pas un peu coquette? avouez... J'ai la plus grande confiance en vous, je connais toute la noblesse de vos sentimens, je suis persuadé que vous n'avez jamais eu la pensée du mal : mais ce n'est point assez que j'aie cette persuasion, il faut que le monde l'ait aussi. Vous dites que je suis jaloux, Léontine, j'ai droit de l'être un peu, jolie comme vous êtes et vieux comme je suis! Oui, je souffrais à ce bal, de voir tous ces fats vous assiéger, se disputer votre main pour la danse, vous débiter des fadeurs... N'est-ce pas qu'ils vous disaient à l'oreille mille sottes galanteries banales qu'ils s'en vont jeter à la tête de toutes les femmes? Que vous disaient-ils donc?...

Madame d'Escas regarda la pendule et se frotta les yeux.

— Que vous disaient-ils donc? continua son mari d'une voix presque suppliante. Ce jeune homme déguisé, je crois, en Figaro...

Madame d'Escas fit semblant de n'avoir pas entendu cette dernière question, et se leva pour mieux voir à la pendule, qui sonna deux heures et demie.

— O mon ami! s'écria-t-elle en jouant la surprise, comme il est tard! deux heures et demie! Voilà déjà long-temps que nous devrions être au lit! Pour moi, je tombe de fatigue et de sommeil; vous devez avoir aussi grand besoin de repos. Je vais sonner pour qu'on vous apporte de la lumière. J'espère que François n'a pas oublié le feu de votre chambre ; le paresseux, il est couché, je parie, car je ne l'ai pas vu en entrant! Allons, bonsoir, mon ami, dormez bien et réparez le temps perdu.

Elle dit tout cela avec tant de volubilité, que M. d'Escas, qui voulait parler, resta la bouche ouverte sans pouvoir placer un mot, mais il lui retint le bras et l'empêcha d'agiter le cordon de la sonnette.

— Allons, bonne Léontine, sois tout à fait charmante, dis-moi le nom de cette personne, je désirerais le savoir; c'est pure curiosité, mais ne te fais pas prier, que t'importe! cela ne tire pas à conséquence. J'en dormirai mieux, et toi aussi, mon ange! — Tu la nommes...

— Que vous êtes enfant, monsieur, pour un homme de votre âge, reprit Léontine, avec cet air de molle résistance qui vous engage à redoubler d'efforts et de tenacité, — mais vraiment, vous êtes inconcevable! vous attachez une importance à des misères...

— J'exige ce petit sacrifice d'amour-propre, ma Léontine, fais preuve de bon caractère; — ce n'est pas au moins que je tienne beaucoup à savoir quel était ce masque, — mais je verrais par là que tu m'aimes et que tu fais quelque chose pour moi.

— Vous le voulez donc absolument; c'est un caprice et j'ai honte de vous céder; eh bien...

Elle ne continua pas. Une vive rougeur colora ses joues ordinairement assez pâles; elle balbutia et s'efforça de sourire. M. d'Escas, voulant profiter de cette bonne disposition, se pencha langoureusement sur sa femme, et lui baisa le front et la bouche, mais, par bonheur, un bruit dans le corridor lui fit brusquement tourner la tête et l'empêcha de voir l'effet malheureux de son baiser; il ne vit point la jolie bergère s'essuyer la bouche avec dégoût et passer à deux reprises son mouchoir de fine batiste sur sa figure.

— Vous disiez donc, ma belle, que ce jeune homme...

— Est M. d'Ermanville, âgé de cinquante ans, répondit-elle d'un air triomphant; êtes-vous satisfait?

— M. d'Ermanville, le secrétaire d'ambassade à Naples? Vous plaisantez.

— Non, vraiment, monsieur, je suis bien loin de plaisanter; c'est de M. d'Ermanville que vous étiez si jaloux; c'est là ce redoutable Figaro qui vous a mis martel en tête. A quoi pensez-vous donc, monsieur? vous êtes pâle.

En effet, M. d'Escas était pâle comme un mort; il tremblait de tous ses membres comme s'il eût eu froid, et bientôt cette pâleur et ce frisson se communiquèrent à Léontine, qui sentit l'approche d'un nouvel orage.

— M. d'Ermanville! murmura-t-il entre ses dents. Madame, était-ce M. d'Ermanville?

Madame d'Escas parut faire un violent effort sur elle-même, et, s'armant de toute sa résolution: — Oui, monsieur, répondit-elle, c'était lui!

— Vous mentez, madame, car il est mort, s'écria le vieillard d'une voix de tonnerre. Il est mort depuis six mois à Naples, vous l'aviez oublié. Vous avez mal choisi votre mensonge. Ah! c'est ainsi que vous croyez abuser de ma crédulité! A d'autres, madame, j'ai des yeux, j'ai de la mémoire surtout, et vous n'en avez guère! mais je ne vous tiens pas quitte; il faut que vous parliez! Je vous ordonne de parler! Quel était cet homme?

Madame d'Escas restait comme anéantie sur le canapé; elle n'osait faire un mouvement, car elle sentait si près de son visage le poing du vieillard courroucé, qu'elle tremblait qu'il ne s'emportât contre elle à des voies de fait; mais, après un instant d'hésitation, elle reprit son énergie habituelle, et donnant à son regard plus de fierté, elle se leva, se mit en face de son mari, et lui dit avec le plus grand calme: — Vous ne le saurez pas. Maintenant, monsieur, je vous prie de vous retirer dans votre appartement, et de me laisser profiter du peu qui reste de la nuit.

Elle agita fortement la sonnette, et des pas se firent entendre dans une chambre voisine.

— Madame, préparez-vous à quitter Paris demain, avant onze heures du matin, dit M. d'Escas avec une rage concentrée. Nous habiterons désormais ma maison de Fontainebleau; je vendrai celle-ci. Faites vos adieux à Paris, madame; vous n'y reviendrez jamais.

Il prit un bougeoir, fit un geste menaçant et sortit. Il n'avait pas refermé la porte, qu'un violent accès de toux le saisit, et Léontine put compter long-temps encore les spasmes qui soulevaient la poitrine du vieillard et bruissaient comme un râle. Avec un peu d'imagination, elle put croire aussi qu'elle allait devenir veuve; mais sa femme de chambre parut et changea le cours de ses idées.

— Ma pauvre Marguerite! dit madame d'Escas en voyant la figure blême et fatiguée de cette femme, vous devez avoir bien envie de dormir;

j'ai regret de vous faire coucher si tard; mais, que voulez-vous, je ne suis pas la maîtresse dans cette maison, et M. d'Escas a la manie de rester, la nuit, des heures dans ma chambre, tout debout pour me sermonner ou me chercher querelle.

— Oh! madame, reprit Marguerite, je ne suis pas sourde et j'ai bien entendu le train de monsieur; quelle voix, Seigneur Jésus! c'était pire qu'un dragon. En vérité, j'ai cru qu'il allait vous battre; je tremblais comme la feuille. Quel homme violent! c'est qu'il vous tuerait dans une crise pareille; car il ne se connaît plus.

— Et, si vous saviez, Marguerite, répondit madame d'Escas, en dénouant les cordons bleus d'un élégant chapeau de paille qui s'harmoniait merveilleusement avec ses cheveux blonds et sa figure mélancolique, si vous saviez pourquoi cet homme étrange s'est mis en colère! Il est d'une jalousie qui devient insupportable.

— Insupportable, c'est le mot, dit la femme chambre. Aussi, madame, vous êtes trop bonne; vous avez tort d'obéir à ses caprices. On dirait qu'il se fait un plaisir de vous contrarier. Je gage qu'il est furieux qu'on vous ait trouvée jolie dans ce costume et qu'on vous ait fait des complimens.

— Oui, Marguerite; et pour vous donner une idée de sa politesse, il est venu m'arracher des mains de mon cavalier au moment même où l'on commençait la valse. Voilà de quoi me ridiculiser dans tous les salons de Paris.

— C'est une chose abominable, madame; M. d'Escas, à son âge, est plus exigeant qu'un jeune homme; il veut qu'une femme de vingt ans, faite pour briller dans le monde, s'enferme dans son ménage, et passe les soirées au coin du feu, avec lui, vieux mari grondeur qui n'aime que le piquet.

Tout en causant de la sorte, Marguerite aidait la jeune femme à se déshabiller et la délaçait; celle-ci venait de s'envelopper d'une robe de chambre, et se regardait dans le miroir de sa toilette, pendant que la vieille Marguerite lui démêlait ses longs cheveux.

— Il est vrai, Marguerite, que je ne suis pas heureuse! Le caractère de M. d'Escas ne s'accorde nullement avec le mien. Certes, je n'aurais jamais choisi pareil homme, si j'eusse été maîtresse de mon choix; mais il m'a fallu céder à des considérations de fortune: mon pauvre père, dont les services ont été si mal récompensés par la restauration, m'avait conjurée, en mourant, d'épouser M. d'Escas. J'étais bien jeune alors, et je promis tout ce qu'on demandait. Je n'avais aucune passion dans le cœur, et je crus qu'une jeune fille pouvait impunément épouser un vieillard. — Oh! si j'avais connu le vicomte Armand! tu sais, ce beau militaire qui vient quelquefois nous rendre visite, le seul homme, à peu près, dont M. d'Escas ne prenne pas trop d'ombrage!

— Oh! je le connais bien, dit Marguerite avec vivacité; à la bonne heure, c'est un homme, celui-là. Quelle tournure! Il est plein d'esprit, aimable, chevaleresque; comme il peut rendre une femme heureuse! Voilà certes, entre mille, le mari qu'il vous fallait. Pourquoi ne l'avez-vous pas connu plus tôt?

Madame d'Escas soupira tristement; son cœur battait plus fort dans sa poitrine.

— Il doit faire dans le monde bien des conquêtes, continua Marguerite; pour moi, si j'étais femme, si j'étais jolie, veux-je dire, il serait mon caprice. Mais il n'est sans doute pas facile de lui plaire; un cavalier parfait comme lui doit avoir à choisir dans la société.

— Eh bien! ma bonne Marguerite, je crois, sans trop me vanter, que je lui plais; il me l'a dit cent fois, ce soir encore au bal; car, je te l'avoue, à toi, pour qui je n'ai rien de caché, c'est avec le vicomte Armand que j'allais valser, quand mon brutal de mari nous a séparés. Oh! si tu l'avais vu danser, ce charmant jeune homme! et puis, il valse admirablement ; toutes les femmes avaient les yeux sur lui. Il me glissait mille choses tendres et galantes où brillait la délicatesse de son esprit, et plus encore tout son amour. Croirais-tu qu'il veut absolument que je lui accorde un rendez-vous?

— Mais tout cela ne m'étonne point, madame, répliqua Marguerite, et j'espère bien que vous ne lui refuserez pas. M. le vicomte Armand vous convient sous tous les rapports ; c'est un homme accompli, dit-elle, en tournant la tête du côté de la porte qui donnait sur un corridor, beau, jeune, brave, spirituel, généreux...

Elle interrompit sa longue énumération des qualités du vicomte, pour éternuer, et tira brusquement de la poche de son tablier un mouchoir à carreaux d'où tombèrent plusieurs pièces d'or qu'on entendit rouler sur le parquet.

— Comme vous êtes riche, Marguerite! dit madame d'Escas. Mais elle était si pleine d'une idée, qu'elle ne remarqua pas le trouble de la femme de chambre, qui, pour cacher sa rougeur, ramassa long-temps les pièces d'or.

— Ce vicomte Armand, Marguerite, est un homme bizarre ; tu ne sais pas tout ce qu'il me disait : il est amoureux de moi depuis un an ; il se brûlera la cervelle, si je n'ai pas pitié de lui. Je crois qu'il exagère un peu ; cependant s'il allait se tuer! Cela s'est vu.

Marguerite porta de nouveau les yeux vers la porte, toussa, frappa du pied, et remua quelques fauteuils, pendant que madame d'Escas, qui semblait avoir oublié le sommeil et l'heure avancée de la nuit, toujours assise devant sa toilette, se mirait dans la glace, essayait des poses de tête, des sourires, et regardait complaisamment ses dents fines et bien rangées :

— Au fait, disait-elle, je ne suis pas trop mal ; je le crois très entreprenant, c'est un militaire. Il me disait dans la chaleur de sa passion qu'il n'attendrait pas mon rendez-vous pour se jeter à mes pieds... Madame d'Escas n'acheva point, car, tandis qu'elle penchait langoureusement sa tête sur son épaule, elle vit dans son miroir une figure qui n'était pas celle de Marguerite, une figure jeune et belle, encadrée de favoris noirs, et qui la contemplait amoureusement.

Elle se retourna et ne put retenir un cri de surprise, quand elle reconnut le vicomte Armand à genoux devant elle, et les mains jointes, comme s'il demandait grâce pour son audace. Elle s'aperçut que Marguerite n'était plus dans la chambre. Alors elle devint pâle, se leva précipitamment de sa chaise, et voulut s'élancer à la porte ; le vicomte Armand la prévint et lui barra le passage ; ils restèrent ainsi, l'un devant l'autre, quelque temps sans parler ; on n'entendait plus que le bruit de leur respiration agitée, le mouvement du balancier, et, par momens, une toux sèche et saccadée qui semblait venir d'une pièce assez voisine. Enfin, madame d'Escas, un peu remise de son étonnement, retrouva la parole :

— Sortez, monsieur, au nom du ciel, sortez!

Il y avait dans sa voix tremblante plus de frayeur que de colère. Elle avait beau froncer le sourcil et montrer la porte au vicomte, il ne bougeait pas.

— Mais, c'est infâme, monsieur, reprit-elle, de vous introduire ainsi, la nuit, chez moi ; vous voulez donc me perdre de réputation? Songez-vous que M. d'Escas peut vous entendre? il couche dans la chambre voisine.

— Pardonnez-moi, Léontine, pardonnez-moi, dit le vicomte en affectant de parler bas ; je vous aime! vous le savez, depuis long-temps! et j'ai voulu vous le dire encore, au risque de vous déplaire à jamais.

Il fit un pas vers Léontine qui courut à la cheminée et saisit le cordon de la sonnette.

— Ne sonnez pas, je vous en conjure, ma chère Léontine. De la prudence, car malheur à celui qui viendrait nous surprendre ! Oui, fût-ce votre mari lui-même...

La toux sèche se fit entendre.

— Silence! murmura la jeune femme, il ne dort pas ! Elle lâcha le cordon de la sonnette, et s'approcha, tout effrayée, du jeune militaire, comme pour lui demander protection. Sa respiration était si haletante, qu'elle se mit la main sur la bouche pour étouffer le bruit; mais la toux sèche redoublait toujours; madame d'Escas frissonnait à chaque nouvelle quinte, et se pressait contre la poitrine du vicomte, qui s'efforçait de la rassurer.

— Ne craignez rien, Léontine, il va se rendormir; toutes mes précautions sont prises pour sortir de chez vous sans être aperçu. Votre femme de chambre facilitera mon évasion; j'ai sur moi la clé du jardin! tout est pour le mieux! — Laisse-moi m'enivrer de mon bonheur! Oh! que tu es belle! tu n'as pas oublié que tu m'as dit ce soir au bal que tu m'aimais! Répète-moi que tu m'aimes!

Ils étaient serrés étroitement l'un contre l'autre; Léontine, à moitié déshabillée, entourait de ses bras nus la taille svelte du vicomte, qui perdait ses doigts dans la chevelure soyeuse de son amante.

— Oh! oui! je t'aime, murmura-t-elle en livrant sa bouche aux baisers. Voilà bien long-temps que je t'aime! Comment ferais-je pour vivre loin de toi, mon Charles? car il faudra tout à l'heure nous séparer. Mon mari m'emmène demain à Fontainebleau, il ne veut plus habiter Paris.

— Console-toi, mon adorable Léontine, Fontainebleau n'est pas si loin de Paris, et ton jaloux, qui du reste est un brave homme, ne se défie pas de moi.... — Oh! que tu es belle! Ne cherche pas à t'échapper de mes bras!

— Charles! Charles! à toi pour la vie!...

Et les baisers recommencèrent plus chauds, plus furieux. — On n'entendit plus la toux sèche; M. d'Escas, après avoir bâti mille conjectures dans sa tête, avait fini par s'endormir de fatigue.

II

Je serai père !

Trois mois environ s'étaient écoulés depuis le départ de M. d'Escas pour sa terre. Il recevait chez lui peu de monde, et l'on disait dans le pays qu'il vivait comme un ours; il passait une grande partie de la journée dans son cabinet de physique à faire des expériences; il s'occupait surtout de chimie, et le reste du temps, il l'employait à gronder sa femme ou les domestiques. Madame d'Escas était fort triste; elle regrettait Paris, les bals, les spectacles, et plus que tout cela le beau vicomte. Cependant ils s'écrivaient, et, depuis qu'elle avait quitté Paris, le vicomte Armand était venu lui rendre plusieurs visites à la campagne. M. d'Escas n'en concevait aucun soupçon, lui, si ombrageux, si défiant, il trouvait tout simple que le vicomte, en passant par Fontainebleau, vînt lui demander à dîner; il savait d'ailleurs que ce jeune homme possédait dans le voisinage une ferme qu'il allait vendre; et, loin de s'alarmer des visites du vicomte Armand, au contraire, il était flatté de recevoir à sa table un personnage qui jouissait d'une si haute considération, et dont l'amitié ne pouvait que lui faire honneur. Par une de ces bizarreries particulières aux jaloux, il fermait l'entrée de sa maison à bien des gens qui n'auraient jamais songé à sa femme, puis il accueillait à bras ouverts le seul homme qu'il aurait dû repousser. Il voyait même avec plaisir ce jeune militaire, toujours gai, toujours pétillant d'esprit, et dont la conversation vive et brillante jetait parfois un peu de variété dans la monotonie des longues heures du soir, au coin du feu. Ces causeries semblaient distraire agréablement madame d'Escas; elle riait aux larmes comme un enfant, faisait au vieillard mille petites agaceries qui le rendaient le plus heureux des hommes, et ne se fâchait point quand M. d'Escas, transporté de joie et d'amour, lui glaçait la bouche d'un baiser. Le vicomte Armand parlait fort bien physique et chimie; il n'en fallait pas davantage pour enchanter ce vieux mari, qui, certes, après sa femme, n'aimait rien tant que ses fourneaux et sa machine électrique.

Un soir que le vicomte Armand revenait fort tard du bal, la tête encore pleine de musique et de jolies femmes, son valet de chambre lui remit plusieurs lettres et de nombreuses cartes de visite. — Quel tas! dit le vicomte d'un air impatienté, je n'aurai jamais fini de lire tout cela; ma foi, c'est pour demain.

Cependant il s'approcha d'une bougie, et prit deux ou trois lettres parfumées, qu'il déchira presque en les décachetant : — Que ces femmes sont fatigantes! murmura-t-il; puis il jeta ces lettres au feu sans les lire. Il brûla toutes les autres, à l'exception d'une seule qu'il ouvrit précipitamment; son œil courut à la signature :

« Mon ami, je souffre beaucoup depuis quelques jours; je suis même obligée de garder le lit; c'est l'ennui qui me tue; je ne fais que pleurer, parce que tu n'es pas auprès de moi. Je t'en conjure, viens, viens passer une journée à Fontainebleau. J'ai besoin de te voir, mon Charles! ta présence me fera du bien. Cette campagne est si désagréable! Pas la moindre distraction; et puis, j'ai peur que tu n'oublies ta Léontine au milieu des fêtes et des plaisirs de Paris! toi, si beau, si courtisé... Moi, je suis une pauvre esclave! Il faut que je vive dans la solitude avec un homme que je n'aime pas... que je déteste! C'est mal, je le sens, car M. d'Escas, malgré ses brusqueries, m'aime au fond du cœur; on dirait qu'il se repent d'avoir été souvent dur à mon égard. Enfin, depuis que nous sommes à la campagne, il est pour moi d'une tendresse qui me désespère; il me fatigue de soins, et s'il n'était pas si vieux, on serait tenté de croire qu'il est mon amant... Mais, je l'entends qui rentre... Mon ami, j'ai mille choses à te dire encore... je n'ai que le temps de fermer cette lettre! Adieu, adieu, Charles; viens, et tu me trouveras bien portante.

» A toi, pour la vie!

» LÉONTINE. »

Le vicomte eut bientôt parcouru ces lignes.

— Pauvre femme! dit-il en souriant, déjà! c'est jouer de malheur! Mais sa physionomie se rembrunit, il parut quelque temps réfléchir, et pendant qu'il roulait machinalement la lettre dans ses doigts, il parlait tout seul à voix basse. — C'est une corvée! n'importe!... j'irai! — Je ne puis m'en dispenser... elle est malade... Oh! je vois l'affaire... Diable, voilà qui est contrariant!

Il jeta de nouveau les yeux sur la lettre, et la mit toute chiffonnée dans un tiroir, puis il rappela son domestique.

— Melchior, lui dit-il, je vais demain à Fontainebleau; tenez la voiture prête pour dix heures du matin.

Il se coucha tout préoccupé, et fut long-temps à s'endormir. Peut-être, comme tous les gens blasés, sa nouvelle passion commençait-elle à le fatiguer. Peut-être éprouvait-il une sorte de remords d'avoir, à plaisir, déshonoré un vieillard qui lui témoignait de l'amitié, car lui, jeune homme si recherché dans le monde, il n'avait qu'à choisir parmi les plus jolies femmes à la mode, il n'avait qu'à tendre la main. Pourquoi séduire de préférence l'épouse d'un malheureux vieillard? D'ailleurs, le vicomte Armand n'était pas amoureux; il avait seulement voulu satisfaire un caprice; et, comme madame d'Escas était jeune, séduisante, coquette, il l'avait aimée éperdument le premier jour. Il se plaisait aux aventures, aux entreprises hasardeuses : ce qu'un autre eût fait en un mois, il le faisait en quelques heures; il voulait sur-le-champ tout perdre ou tout gagner : aussi, pour obtenir Léontine, avait-il osé pénétrer chez elle, la nuit, au risque d'être surpris par M. d'Escas, qui n'eût pas manqué de lui faire un mauvais parti. Enfin, le vicomte Armand, quoique plein d'honneur et de sentimens élevés, était ce qu'on nomme un *roué*, c'est-à-dire plus qu'un homme à bonnes fortunes. Il changeait de maîtresses comme de chevaux ; les femmes le savaient bien, et toutes pourtant se l'arrachaient.

Le vicomte arriva chez M. d'Escas à trois heures du soir ; la figure de la vieille Marguerite s'offrit la première à ses yeux. La bonne femme paraissait triste, et quand elle ouvrit la porte d'entrée au vicomte, elle avait l'air de marmotter encore des prières. Elle tenait un gros livre d'église, et plia le coin de la page qu'elle lisait.

— Eh ! bonjour ! ma bonne Marguerite, dit gaîment le vicomte, comment va la santé ?

— Pas trop mal, monsieur le vicomte, je vous remercie ; mais madame n'est pas bien portante. Elle garde le lit et repose maintenant. Nous attendons le médecin.

— J'espère que ce n'est rien, reprit le vicomte ; je savais que madame d'Escas était malade, elle m'avait écrit, et je m'empresse d'arriver. Pourrais-je la voir en particulier ?

— Oh ! c'est une chose impossible, monsieur le vicomte... Vous connaissez toute ma bonne volonté, il n'est rien que je ne fisse pour vous être agréable ; mais depuis une heure à peu près, ma pauvre maîtresse dort profondément, et je ne puis la réveiller. D'ailleurs, M. d'Escas, qui est fort inquiet, entr'ouvre à chaque instant la porte de la chambre à coucher de madame, et rôde dans les environs... Mais, je l'entends qui tousse... Il veut savoir qui vient de sonner... Il croit peut-être que c'est le médecin.

— Ah ! c'est vous, mon cher vicomte, s'écria le vieillard avec joie ; parbleu, je ne vous attendais pas ; quelle affaire vous amène dans nos parages ?

— Toujours la même, répondit le vicomte en serrant cordialement la main que lui présentait M. d'Escas, toujours cette maudite ferme, qu'au reste je ne dois pas trop maudire, puisqu'elle me fournit plus souvent l'occasion de vous rendre visite. Mais je suis désolé, j'apprends à l'instant même que madame d'Escas est souffrante.

— Oui, mon ami, voilà plus de huit jours qu'elle a des maux de tête qui ne lui laissent pas un moment de repos. Elle est fort changée, et vous la trouverez maigrie. Cependant, je ne veux pas encore m'alarmer ; ce n'est probablement qu'une forte migraine ; elle y est très sujette. Le printemps et le bon air qu'on respire ici vont bientôt la rétablir et lui donner plus de couleurs qu'elle n'en a jamais eu.

— Et que pense le médecin ? dit le vicomte Armand.

— J'ai fait appeler, la semaine dernière, un médecin de la ville qui m'a complétement rassuré d'abord ; mais comme les souffrances ne diminuaient pas, j'ai cru devoir écrire hier au docteur Ramier qui nous soigne habituellement à Paris. Je l'attends d'un moment à l'autre, il ne peut tarder beaucoup... — Marguerite, cria-t-il à la vieille bonne qui s'était remise à lire son paroissien dans un coin de l'antichambre, vous m'avertirez dès que le docteur arrivera, et si ma femme est réveillée, vous pourrez le conduire tout de suite chez elle.

— Mon jeune ami, dit-il ensuite au vicomte en lui prenant le bras, j'espère bien que vous dînerez avec moi ; en attendant, pour gagner de l'appétit, nous allons faire ensemble un tour dans le parc. Je veux avoir votre avis sur plusieurs changemens assez considérables que j'ai faits dans la disposition des allées. Vous êtes connaisseur, et nous verrons si vous serez content de la forme de mes kiosques; c'est un nouveau dessin qui me semble fort élégant. J'ai fait planter aussi des bosquets de buis qui sont maintenant d'une épaisseur à donner envie de rimer.

— Et vous rimez, je le parierais, dit en riant le vicomte; bien certainement vous faites des vers, et je suis persuadé qu'ils sont bons, car, avec une imagination comme la vôtre, on est poète, ou je ne m'y connais pas.

— Non, mon ami, assez de gens font des vers sans moi; j'en lis même fort peu. Toute ma poésie, si j'en ai dans la tête, au lieu de la mettre sur le papier, je la verse à pleines mains dans mon parc, je l'emploie à dessiner des labyrinthes, des massifs de verdure, à faire serpenter des allées romantiques qui donnent à ce parc l'aspect d'une forêt. Voyez ces arbres, comme ils sont beaux, c'est mon père qui les a plantés, et ceux-là, je me garderai bien de les abattre; j'aimerais mieux n'avoir pas d'allées.

Ils se trouvaient alors sous de grands chênes qui formaient voûte, et dont les énormes troncs tout couverts de mousse et de lierre, avaient l'air de ces vieux colosses d'arbres embarrassés de lianes qu'on voit dans les forêts vierges du Brésil.

— Ces chênes sont magnifiques, dit le vicomte, on se croirait dans l'avenue d'un château féodal. Je n'ai jamais vu de parc aussi beau. Je vous approuve fort de vivre à la campagne, car, habiter Paris, ce n'est pas vivre; on n'y respire pas; été comme hiver, toujours de la boue, et puis un vacarme à rendre fou...

— Ce pauvre Paris, interrompit en souriant M. d'Escas, vous le traitez mal aujourd'hui que vous êtes à la campagne, mais demain vous serez moins sévère, et vous trouverez que le bal a ses charme, car vous savez, ce n'est qu'à Paris qu'on voit de jolies femmes. On n'en rencontre pas dans la forêt de Fontainebleau.

— Oh! les bals, les bals! j'en suis las. Je commence à m'apercevoir que la danse est une sotte chose. Vraiment, je deviens philosophe, et j'ai honte, quand je me vois dans une glace, dansant, pirouettant comme un pantin, avec une dame au bras... Il faut en finir; un beau matin je monte à cheval, je parcours les environs de Fontainebleau, et si je découvre une maison bien située qui me plaise, je l'achète.

— Faites cela, mon ami, dit le vieilard, en lui serrant plus affectueusement la main. Je vous accompagnerai dans cette tournée. Quel bonheur de vous avoir pour voisin! ma femme sera, je vous jure, au moins aussi contente que moi.

Un sourire effleura les lèvres du vicomte.

— Mais si vous m'en croyez, continua M. d'Escas, vous songerez à vous marier; avec le rang que vous occupez dans le monde et la fortune dont vous jouissez, je ne compte pas les avantages personnels, vous pouvez prétendre aux partis les plus brillans.

— Fort bien, mon cher hôte, dit le vicomte, mais pour se marier, il faut aimer quelqu'un, et je vous jure que je n'ai personne en vue. Cependant, je ne suis pas ennemi du mariage; mes idées, à cet égard, ont bien changé, et si je trouvais une femme, douce, spirituelle, jolie, car tout cela est absolument nécessaire en ménage, une femme qui voulût de moi, je m'empresserais de l'épouser, dussent tous les fats de ma connaissance hausser les épaules et me tourner en ridicule!

— Eh bien! mon jeune ami, reprit avec joie M. d'Escas, j'ai votre affaire. Une femme pleine d'esprit, d'une douceur angélique, jolie... plus jolie que ma Léontine. C'est une brune aux grands yeux noirs bien fendus, comme disent nos romantiques; elle n'a pas seize ans. Elle touche du piano et chante à ravir; on la prendrait pour Corinne. Je ne vous parle pas de sa fortune, car ce n'est pas un mariage d'intérêt que je vous propose, et vous ne tenez guère à l'argent; mais enfin, cette jeune personne est fort riche. Tout cela vous convient-il?

— Il faudrait que je fusse bien difficile, mon cher monsieur d'Escas, pour n'être pas émerveillé du portrait charmant que vous me tracez.

— Vous pouvez me croire, mon jeune ami, l'original est bien au dessus du portrait. Au surplus, vous serez libre d'en juger bientôt par vous-même, et je suis persuadé que vous ne m'accuserez pas d'exagération.

Ils entrèrent dans une petite rotonde couverte en chaume, et s'assirent tous deux sur un banc fait de branches qui n'avaient pas été dépouillées de leur écorce.

— Il ne manque plus qu'une chose à cette divine miniature, dit le vicomte, c'est le nom de la merveilleuse personne qu'elle représente!

— Ce n'est pas un nom fameux, ce nom, vous ne l'avez probablement jamais entendu prononcer, car celle qui le porte n'est pas encore venue à Paris. Elle habite Lyon avec sa mère; c'est mademoiselle Delisle, cousine germaine de ma femme.

— J'avoue, reprit le vicomte en inclinant légèrement la tête, que si mademoiselle Delisle ressemble à sa cousine, le tableau délicieux que vous me faites de cette jeune personne n'est pas trop flatté. Je m'estimerais heureux d'appartenir à votre famille, et de rendre ainsi notre amitié encore plus étroite.

— Bien, mon ami, dit le vieillard, je suis charmé de vous trouver dans ces bonnes dispositions; il faut absolument que ce mariage se fasse. Voilà déjà long-temps que j'ai cette idée, mais je n'osais pas vous en parler de peur que vous ne me fermassiez la bouche au premier mot de mariage. Je savais pourtant bien que vous n'êtes pas comme la plupart des jeunes gens de votre âge, qui n'ont rien de sérieux dans la tête, et qui papillonnent follement autour des femmes sans jamais se fixer. Ils arrivent de la sorte à cinquante ans, vieux garçons blasés, qui n'ont plus qu'à se brûler la cervelle; personne ne les estime, les femmes se moquent d'eux; ils vivent seuls, sans famille, et meurent comme des égoïstes qui n'ont jamais connu le bonheur.

— C'est bien vrai, mon vieil ami, répliqua le vicomte, les célibataires ne sont pas heureux, j'en suis la preuve. J'ai souvent du vide dans mon existence, et je voudrais le combler. Les plaisirs du monde ne me suffisent plus; il me faut quelque chose de nouveau.

— Ce qu'il vous faut, dit le vieillard avec chaleur, ce qu'il vous faut, mon digne ami, c'est l'amour d'une femme, belle et chaste, dont le cœur pur n'ait jamais battu pour un autre que pour vous; une femme qui s'appuie à votre bras et qui vous parle doucement quand vous êtes triste; une femme qui soit la mère de vos enfans, qui les nourrisse de son lait, qui leur apprenne à vous aimer!... Ah! mon ami, continua-t-il douloureusement, voilà le vrai bonheur, mais il n'était pas fait pour moi! Vous êtes jeune, vous, votre vie commence quand la mienne finit; vous serez père, et de jolis enfans blonds grandiront autour de vous; moi, je n'en verrai jamais dans cette maison dont la solitude m'effraie; je ne connaîtrai pas l'ivresse paternelle, et cette joie de laisser, quand on meurt, des êtres qui vous doivent l'existence, et qui penseront à vous en arrosant les fleurs de votre tombeau!

Des larmes sillonnaient les joues creuses du vieillard, et sa main tremblait fortement dans celle du vicomte, qui le regardait avec attendrissement. Ils demeurèrent ainsi quelque temps sans parler; elle était belle, cette tête de vieillard, dont le vent du nord soulevait les cheveux blancs, et qui pleurait silencieusement à côté d'un jeune homme!

Enfin celui-ci reprit la parole:

— Vous pouvez encore espérer, mon cher monsieur d'Escas; ce bonheur que vous exprimez si bien, il vous arrivera peut-être avant peu. Chaque jour nous en offre des exemples frappans. Tenez, la semaine dernière, madame la marquise d'Ouillé, qui depuis neuf ans de mariage n'avait pas eu d'enfant, vient d'accoucher d'un gros garçon joufflu et vermeil qui fait les délices du père. Vous n'avez pas l'âge de M. le marquis, et vous avez, de plus que lui, une bonne santé et toute la verdeur de la jeunesse. Quant à moi, la stérilité de madame d'Escas ne me surprend pas; votre femme était si jeune quand elle s'est mariée!

— Ce que vous me dites là me fait du bien, mon cher vicomte; c'est pure amitié, je le sens; vous cherchez à me donner un espoir que vous n'avez pas, mais le docteur m'a dit souvent comme vous. Si vous saviez, mon ami, quelle serait ma joie d'avoir un fils, rien qu'un seul, car deux... je n'ose y penser, c'est de l'ambition! Pour un fils, je donnerais de bon cœur la moitié de ma fortune... Oh! toute ma fortune pour un fils!...

Un son de cloche, qui partait de la maison, le fit tressaillir.

— C'est moi qu'on appelle, dit-il en se levant: le docteur est sans doute arrivé.

Il marcha précipitamment vers la maison, appuyé sur le bras du vicomte, mais l'allée dans laquelle ils se trouvaient était fort longue, et la cloche se fit plusieurs fois entendre encore avant qu'ils ne fussent sortis du parc.

— Monsieur! monsieur! hurlait une grosse voix enrouée qui devenait plus rauque à mesure qu'elle approchait: — Le médecin!

— Je reconnais la voix de mon fidèle Achate, dit le vieillard au vicomte en lui montrant du doigt une espèce d'homme, en blouse, qui courait au devant d'eux à toutes jambes; il n'est pas séduisant, j'avoue même qu'il est affreux, comme vous allez en juger, mais c'est un serviteur précieux, qui m'est très attaché. Il se jetterait dans le feu pour moi. Son père était mon jardinier, il y a une vingtaine d'années, et je me suis chargé d'élever ce gaillard-là, qui maintenant est fort comme un Hercule, et tuerait un bœuf d'un coup de poing.

— Je le crois sans peine, répliqua le vicomte, je n'ai jamais vu pareilles épaules. Un géant taillé de la sorte est plus utile dans une maison qu'un chien de Terre-Neuve. Les voleurs n'auraient pas beau jeu avec lui.

— De plus, vous saurez, vicomte, que c'est mon filleul, il est aussi fier de ce titre qu'un marguillier de son banc. Sa tête, toujours renfoncée dans ses épaules, se redresse fièrement quand il me nomme son parrain, et tous les matins il m'apporte un immense bouquet pour avoir l'occasion de m'appeler ainsi.

— Mon parrain, cria le campagnard tout essoufflé et suant à grosses gouttes, quand il ne fut plus qu'à vingt pas de son maître, on m'envoie vous chercher: madame... madame...

Il n'en put dire davantage: il était si haletant, qu'on eût dit qu'il allait suffoquer. M. d'Escas interpréta mal cette brusque interruption, il crut que sa femme était plus souffrante, et cette idée le fit pâlir.

— Quoi! Michel, dit-il avec anxiété, est-ce que la fièvre augmente?... Allons, parle vite.

— Non, mon parrain, répondit Michel, bien au contraire: monsieur le médecin, qui vient d'arriver, a déjà vu madame: il m'avait l'air très content, vous pouvez être tranquille.

Pendant que Michel parlait, le vicomte Armand ne se lassait pas de considérer cette grosse face bouffie, enluminée comme à plaisir avec du vermillon, cette large bouche qui se fendait jusqu'aux oreilles pour sourire, et ces petits yeux ronds à fleur de tête qui louchaient capricieusement; le tout couronné d'épais cheveux roux qui se dressaient au hasard comme des pointes de hérisson, et formaient la digne auréole de cette vilaine tête. Ce rustre pouvait avoir cinq pieds dix pouces, mais comme il se tenait mal et le dos toujours voûté, il paraissait moins grand. Ses mains étaient longues et plates, elles ressemblaient assez à deux battoirs de blanchisseuses. Toutes les paysannes des environs le fuyaient à l'égal de la peste : aucune d'elles n'aurait voulu danser avec lui, et ses propos galans ne lui valaient de la part des jeunes filles que soufflets et rebuffades.

Enfin, M. d'Escas et le vicomte, escortés de Michel, arrivèrent au perron, où la femme de chambre les attendait.

— Monsieur, dit-elle, on a de bonnes nouvelles à vous apprendre. Je veux laisser au docteur le plaisir de vous les donner lui-même.

— Pardon, mon ami, dit M. d'Escas au vicomte en l'introduisant dans le salon, je vois où l'on m'appelle, ce n'est que l'affaire d'un moment. Voici des livres, des journaux, jetez-y les yeux, et je reviens pour ne plus vous quitter de la soirée.

M. d'Escas, avant d'entrer dans l'appartement de sa femme, frappa deux coups à la porte, et l'ouvrit ensuite, mais à peine l'avait-il refermée, qu'il poussa des cris de joie et des exclamations frénétiques dont le vicomte Armand voulut en vain pénétrer le motif.

— Mais ne vous trompez-vous pas, excellent docteur? répétait le vieillard en serrant sa femme dans ses bras.

— Non, monsieur, vous pouvez me croire ; la chose est d'ailleurs évidente et claire comme le jour. C'est à n'en plus douter, et je vous réponds qu'avant six mois d'ici vous aurez la preuve de ce que je vous dis.

M. d'Escas ne se contint plus ; il pleurait et riait tout à la fois.

— Vicomte ! s'écria-t-il en s'élançant vers la porte dans une ivresse impossible à décrire, je serai père !

Et les sanglots étouffèrent sa voix ; il embrassa le vicomte Armand avec effusion, et l'entraîna dans la chambre de madame d'Escas, près de l'alcôve à riches tentures de soie, où la jeune femme malade était couchée, pâle et les yeux abattus ; un sourire de bonheur entr'ouvrit ses lèvres un peu décolorées, sitôt qu'elle aperçut le vicomte.

L'heureux vieillard était loin encore d'avoir épuisé toutes ses tendresses ; il tenait le vicomte toujours embrassé, et ne lui donnait le temps de respirer que pour étreindre aussi cordialement le docteur Ramier, qui s'efforçait en vain d'échapper à ces violentes démonstrations de reconnaissance.

— Et toi aussi, ma bonne Marguerite, dit M. d'Escas à la femme de chambre, qui, debout auprès de la cheminée, récitait des *pater* et des *ave*, viens, que je t'embrasse !... N'est-ce pas que tu l'aimeras bien, mon petit?... Mon cher vicomte, vous croyez peut-être que je m'abuse ; moi, je le croyais d'abord comme vous, mais demandez plutôt à ce bon docteur ! Oh ! que je suis heureux ! j'en deviendrai fou ! dire qu'avant six fois trente jours je serai père ! que j'aurai un fils... une fille, n'importe, pourvu que j'aie un enfant ! Je t'en conjure, ma Léontine, oh ! ménage bien ta santé ; songe au trésor que tu portes dans tes entrailles ! songe que c'est ma vie ! mon sang ! mon honneur ! l'enfant de ma vieillesse !

La jeune femme et le vicomte paraissaient émus ; Marguerite redoublait la ferveur de ses prières, elle se frappait la poitrine en murmurant : ***Mea culpa!*** M. Ramier, sans rien perdre de sa gravité doctorale au milieu de ce bizarre épisode, venait de s'asseoir devant un guéridon, et, ses lunettes plantées sur le nez, il écrivait une ordonnance qui, disait-il, allait bientôt faire merveille. M. d'Escas, penché sur le lit de sa femme, lui couvrait la main de baisers.

— Et si tu nous donnes un garçon, mon ange, comment le nommerons-nous?

— Charles, répondit sans hésiter madame d'Escas, en tournant sur le vicomte un œil bleu tout plein de langueur et d'amour. Je ne connais pas de plus joli nom, il est si doux à prononcer. Ceux qui le portent doivent, ce me semble, être beaux, spirituels... C'est un enfantillage, c'est peut-être une idée de femme grosse, mais j'aime ce nom de Charles.

Elle termina sa phrase par un soupir voluptueusement cadencé qui fit pâmer son vieux mari, et tandis qu'il appuyait son front brûlant sur la main blanche de sa femme en prononçant des mots inarticulés, celle-ci, voyant que le médecin avait le dos tourné, se leva sur son séant et tendit l'autre main au vicomte; puis elle l'attira doucement au bord du lit, comme pour lui parler bas, et sa bouche se trouva si près de celle du vicomte, que leurs lèvres se touchèrent. Marguerite fit un long signe de croix, se frappa le sein plus rudement, et le vieillard, qui ne relevait pas sa tête, murmura plusieurs fois encore : — Oui, nous le nommerons Charles!

III

Le jour du Baptème.

Pendant les six mois qui précédèrent l'accouchement de madame d'Escas, le vicomte fut plus souvent à Fontainebleau qu'à Paris. M. d'Escas ne pouvait plus se passer de lui ; il était de mauvaise humeur quand le vicomte Armand restait quinze jours sans venir le voir, car il aimait ce jeune homme comme un fils, et leur affection était réciproque. Cependant les fréquentes visites du vicomte à Fontainebleau avaient pour motif un autre sentiment que l'amitié. C'était la première fois de sa vie qu'il éprouvait de l'amour, cet amour pur, qui n'est pas seulement un désir charnel, et qui vient plutôt de l'âme que des sens.

Madame Delisle et sa fille avaient quitté Lyon depuis plusieurs mois; elles demeuraient à la maison de campagne de M. d'Escas. Il avait déterminé la tante de Léontine à venir passer une partie de l'année à Fontainebleau, en lui disant qu'il voulait marier Louise; qu'il destinait à sa jolie cousine un homme riche, de haute naissance et fait pour rendre une femme heureuse. Madame Delisle s'empressa d'arriver avec sa fille, charmante brune, au profil italien, dont l'imagination brûlante et candide apparaissait tout entière dans ses grands yeux noirs. Le vicomte Armand fut présenté, il trouva Louise délicieuse, pleine de poésie et d'un parfum d'innocence qui retrempa son cœur, à lui, jeune homme blasé, qui, dès long-temps, n'avait plus d'illusions, et qui regardait les femmes comme des fleurs qu'on respire et qu'on jette après sur la route. Ce Lovelace qui ne croyait plus à l'amour, aima bientôt Louise éperdument, et s'aperçut qu'on le payait de retour. Alors, il redoubla de soins, de visites, parla de mariage, et l'on convint que Louise, à l'accomplissement de sa dix-septième année, deviendrait madame la vicomtesse Armand. Louise tenait compagnie à sa cousine, habituellement triste, et tâchait de la distraire; elle lui faisait mille petites confidences au sujet du vicomte Armand, qui désolaient madame d'Escas et lui retournaient vingt fois par jour le poignard dans l'âme. Léontine sentait bien qu'elle n'était plus aimée; qu'une autre, plus jeune et plus belle, l'avait remplacée dans le cœur de l'inconstant vicomte, mais soit caprice, soit passion véritable et profonde, jamais elle n'avait plus adoré ce brillant militaire qui semblait la dédaigner, et quelle revoyait chaque nuit dans ses rêves, grand, bien fait, sous l'uniforme, avec l'épaulette d'or et la croix d'honneur sur la poitrine.

Ce jour-là, c'était la fête dans le village; la cloche de l'église sonnait depuis le matin sans interruption, le bedeau se promettait grasse journée, et tous les pauvres des environs encombraient les marches, car les aumônes allaient pleuvoir abondamment. On baptisait l'enfant nouveau-né de M. d'Escas, et la cérémonie était sur le point de commencer. Une foule de bons paysans qui n'avaient jamais eu qu'à se louer de M. d'Escas, remplissait l'étroite enceinte de l'église, et se levait sur la pointe des pieds pour mieux voir les grimaces de l'enfant au moment de la sainte aspersion.

Auprès des fonts baptismaux se tenait l'heureux père, dont la figure semblait rajeunie de vingt ans; il souriait et prenait par moment dans ses bras le nouveau-né, tout emmaillotté, que portait dans son tablier une grosse villageoise, vermeille et joufflue, que madame d'Escas avait choisie pour garde. Le vicomte Armand ne détachait ses regards de l'enfant que pour les tourner sur une jeune personne dont la beauté faisait l'admiratien de ce grossier public. C'était mademoiselle Louise Delisle que le vicomte regardait presque déjà comme sa femme; elle était marraine du petit Charles, et le vicomte était parrain.

— N'est-ce pas un coup du ciel? disait M. d'Escas au vicomte, ma Léontine voulait absolument que son fils eût le nom de Charles, et voilà que justement vous, le parrain de ce cher petit, vous portez le nom que ma femme adore. — Mais je ferai pour vous, mon jeune ami, ce que vous faites aujourd'ui pour moi : je veux être aussi le parrain de votre premier, n'est-ce pas, ma jolie cousine? le plus tôt sera le mieux.

Les joues de Louise devinrent pourpres; elle baissa les yeux pour cacher son embarras, et son cœur bondit fortement dans sa poitrine quand elle sentit la main du vicomte effleurer la sienne. Ce mouvement fut remarqué du vieillard qui le fit observer à madame Delisle.

— Je vous le disais bien, ils s'aiment passionnément... A quand le mariage?

Mais l'arrivée du curé, précédé du bedeau qui frappait les dalles avec le manche de sa hallebarde rouillée, empêcha madame Delisle de répondre à cette question.

Les prières d'usage furent dites, le vicomte et Louise renoncèrent, pour leur filleul, aux pompes de Satan, et bientôt l'eau baptismale coula sur la tête du néophyte, mais si fraîche et si copieuse qu'il poussa des vagissemens plaintifs, et s'agita dans ses langes.

— Assez! assez! dit rudement le père, voilà de quoi tuer cette innocente créature. Une autre fois, monsieur le curé, faites chauffer votre eau.

Le curé demeura tout ébahi, comme pétrifié, et trouva le moyen de faire un gros barbarisme dans les quatre mots latins qu'il marmottait pour la millième fois de sa vie. Le vicomte eut peine à réprimer un violent éclat de rire, et le bedeau fit sonner deux fois sa hallebarde.

Cependant la jeune accouchée attendait impatiemment qu'on lui rapportât son enfant. Elle venait de quitter le lit, et se tenait dans une chaise longue, auprès de sa cheminée. Elle était fort pâle, sa figure amaigrie et ses yeux bleuis à l'entour respiraient la tristesse. Parfois un soupir soulevait sa poitrine.

— J'ai soif, Marguerite, dit-elle à la vieille bonne qui retirait une bouilloire du feu, donnez-moi quelque chose à boire.

Marguerite lui présenta sur-le-champ une tasse pleine de potion calmante, et vint s'asseoir à côté de sa maîtresse, en essuyant des larmes à la dérobée. Mais Léontine s'en aperçut.

— Tu pleures, Marguerite, et pourquoi? moi, j'ai plus que toi sujet de pleurer, et pourtant je ne pleure pas...

Mais de grosses larmes roulaient dans les yeux de madame d'Escas, qui bientôt ne put retenir des sanglots.

— Qu'avez-vous, ma bonne maîtresse? reprit vivement la femme de chambre, souffrez-vous? êtes-vous donc malade?

— Non, Marguerite, je me porte bien.

— Alors, madame, continua Marguerite, vous êtes plus heureuse que moi, car je souffre horriblement; j'ai depuis quinze jours comme un tison dans l'estomac. Je ne sais pas ce qui m'attend, mais je crois bien que Dieu me punit : vous savez de quoi, madame!

— Ah! je suis plus sévèrement punie que vous; chez moi, ce n'est point l'estomac qui souffre, mais le cœur! je suis plus difficile à guérir. — Mais vous avez beau faire la sourde oreille, Marguerite, vous me comprenez, vous connaissez la maladie qui me tue... Ce n'est pas de quinze jours comme vous! voilà neuf mois! — C'est l'amour!

Mais la vieille gouvernante se bouchait les oreilles avec ses deux mains et ne voulait rien entendre.

— Ecoutez-moi, Marguerite, au nom du ciel! s'écria la jeune femme en écartant les mains de la vieille, je ne plaisante pas, il faut que vous m'obéissiez ou je vous chasse.

Marguerite eut peur de la colère et des gestes de sa maîtresse, elle sembla se résigner, et dit d'une voix tremblante :

— Eh bien! madame, parlez, je verrai ce que je dois faire.

— Marguerite, reprit solennellement madame d'Escas, vous savez que j'aime un homme qui me paie à présent d'ingratitude, qui me dédaigne; et pourtant vous savez s'il eut des preuves de mon amour... Il est inutile de vous rappeler que cet enfant...

— Je vous en conjure, madame, interrompit la femme de chambre, ne parlons plus de cela, ce qui est fait est fait. Oui, je fus bien coupable, mais je me repens. Vous, madame, songez que vous avez aussi des torts à réparer. Dieu est tout puissant, comme dit mon confesseur il pardonne au pécheur contrit.

—Allons, Marguerite, trève à ces folies, je n'ai pas le temps de les entendre. Le baptême est terminé, M. d'Escas va revenir. Il faut que vous m'aidiez. J'aime le vicomte Armand de toute la puissance de mon âme! Il faut trouver un prétexte pour éloigner d'ici ma cousine; oui, dussé-je lui dire que celui qui va l'épouser dans trois mois est mon amant. Quant au vicomte, je connais son caractère... léger, inconstant : il vous aime aujourd'hui à la fureur, et demain il passera sans vous regarder, puis, un beau jour, il va se remettre à vous aimer... sérieusement peut-être. Mais il faut une occasion, tu m'entends, un hasard... une porte ouverte...

La femme de chambre écoutait la bouche béante, les bras pendans : un frisson agitait ses membres.

— Marguerite, me promets-tu de lui donner cette lettre demain soir... à minuit, et de l'introduire dans mon appartement? Oh! je t'en réponds, il ne te refusera pas, à toi, si tu lui dis combien je l'aime... combien je suis à plaindre.

— Non, madame, s'écria Marguerite, je ne ferai jamais cela. Plutôt mille fois sortir de chez vous, plutôt mourir! J'ai déjà trop péché, je veux faire bonne fin.

— Misérable, répliqua Léontine en la menaçant du geste, il te sied bien d'avoir des scrupules! N'est-ce pas toi qui m'as perdue? N'est-ce pas toi qui l'as fait venir dans ma chambre, une certaine nuit après le bal? Va-t'en d'ici! que je ne te revoie plus.

— Parlez moins haut, madame, dit Marguerite en se retirant, j'entends la voix de M. d'Escas dans le corridor.

La jeune femme, pour éviter les questions que M. d'Escas n'allait pas manquer de lui faire, s'il la trouvait triste dans un pareil jour de fête, se passa plusieurs fois son mouchoir sur les yeux, essuya bien ses larmes, et s'efforça même de sourire quand la porte s'ouvrit.

— Nous voilà, ma bonne Léontine, dit M. d'Escas en entrant, on vient te rendre ton joli petit Charles, qu'il faut bien tenir chaudement, car M. le curé n'a pas ménagé l'eau du baptême : pauvre enfant! il grelotte encore... Oh! vois donc comme il pleure! comme il se lamente!... C'est qu'il a besoin de ton lait.

Il prit délicatement l'enfant au maillot des mains de la paysanne, le couvrit de baisers, et le mit dans les bras de la mère qui berça mollement son cher nourisson pour l'apaiser et lui tendit sa mamelle.

— Vous êtes donc revenu seul? dit Léontine en balbutiant un peu. Je ne vois pas Louise ni sa mère; où sont-elles? et le vicomte Armand, pourquoi ne vient-il pas s'informer un instant de ma santé? Ce n'est pas bien...

Ces derniers mots furent prononcés avec une sorte d'aigreur qui surprit M. d'Escas, et qu'il ne put comprendre. Il craignit d'en être innocemment l'objet, et repassa toute sa conduite du jour et de la veille, mais il n'y trouva rien qui motivât ce ton de reproche. Tout cela fut l'affaire d'une seconde, il prit une chaise à côté de sa femme, et d'une voix douce :

— Mon ange, lui dit-il, tu aurais tort d'en vouloir à ta cousine ainsi qu'à notre ami; tu ne peux mettre en doute l'attachement qu'ils te portent, mais ils te croyaient endormie et craignaient de troubler ton repos; moi-même je pensais que tu n'avais pas quitté le lit.

— Et bien! où sont-ils maintenant? reprit madame d'Escas.

— Tu me le demandes, Léontine? Ils se promènent dans le parc, ils admirent ensemble ce magnifique coucher de soleil, et madame Delisle leur tient compagnie. Ta cousine est d'un enfantillage charmant; je parie qu'elle est maintenant à rire comme une folle sur la balançoire, ou qu'elle poursuit les papillons à travers les plates-bandes, sans respect pour mes dahlias. Du reste, je pardonne à son pied mignon de casser mes fleurs; elle est amoureuse et ne sait pas toujours ce qu'elle fait; son prochain mariage lui tourne un peu la tête. Quant au vicomte, je n'ai jamais vu d'homme plus épris, il adore cette petite et compte les jours, impatient qu'il est d'entrer en ménage; il fera, j'en suis sûr, un excellent mari, et certainement Louise ne pouvait mieux rencontrer.

Léontine devint rouge et se mordit les lèvres.

— Je te l'avoue à présent, continua M. d'Escas, je ne connaissais pas encore toutes les nobles qualités du vicomte, je ne le croyais point capable d'aimer véritablement une femme; il passait pour un homme à bonnes fortunes, plein d'honneur, il est vrai, mais léger, ne pensant pas à l'avenir, et je craignais que ses brillans succès dans le monde n'eussent gâté le fond d'un caractère naturellement sensible et si riche de qualités; mais, grâce à Dieu, c'est le plus sage des hommes, il a suivi mes conseils d'ami, et ne cherchera plus désormais à plaire qu'à sa femme; n'est-ce pas étonnant que les mauvais sujets, une fois en ménage, fassent les meilleurs maris? Ce cher vicomte! Tout ce que je lui souhaite dans la joie de mon cœur, c'est une épouse aimée et qui mérite de l'être comme toi, c'est un enfant vermeil et frais comme celui que je vois boire à ta mamelle.

Léontine soupira douloureusement et porta son mouchoir à ses yeux.

— Mais qu'as-tu, mon ange? reprit M. d'Escas. Pourquoi soupirer? Aurais-tu du chagrin? Allons, conte-moi cela.

— Non, je n'ai rien, mon ami, répondit Léontine en contractant sa bouche pour sourire, c'est nerveux. Il fait trop chaud dans cette chambre, ayez la bonté d'ouvrir un instant la croisée, et le grand air va me remettre.

M. d'Escas entr'ouvrit la fenêtre et vint se rasseoir auprès de sa femme.

— Ce cher petit, comme il y va de bon cœur! il avait bien faim! Mais je crains, ma Léontine, que cela te fatigue de nourrir; pourtant, si tu le peux, il faut continuer, car il me semble qu'une mère aime encore plus l'enfant qu'elle a nourri de son lait.

— Aussi continuerai-je, répliqua Léontine qui, pour cacher au vieillard ce qu'elle avait dans l'âme, se garda bien de laisser tomber la conversation. Je ne conçois pas les mères qui font nourrir leurs enfans par des étrangères : il faudrait que je fusse au lit de mort pour ne pas allaiter ce chérubin.

— Bonne Léontine, reprit M. d'Escas ému jusqu'aux larmes, quel malheur si tu n'avais pas été mère, toi, si digne de l'être! Ah! je remercie le ciel de m'avoir exaucé, de m'avoir donné cet enfant!...

Tout à coup il se fit un grand bruit dans la cour. Plusieurs voix d'hommes, rauques et discordantes, se mêlèrent, avec d'horribles injures, et des bâtons s'entre-choquèrent. Léontine, effrayée, bondit convulsivement sur sa chaise, et secoua l'enfant qui jeta les hauts cris; M. d'Escas courut à la fenêtre.

— Ah! mon Dieu! qu'est-ce donc? s'écria Léontine frissonnant de tous ses membres.

— Rien, mon amie, dit M. d'Escas, rien que des mendians qui se battent; Michel va les mettre à la raison.

Depuis deux heures, la cour était pleine de pauvres qui venaient mendier chacun à son tour; ils avaient flairé ce baptême d'une lieue à la ronde, comme des loups qui sentent le voisinage d'une bergerie. On eût dit la *Cour des Miracles*, car tout ce que l'imagination peut rêver de plus hideux, boitait, rampait, hurlait, sous les fenêtres de M. d'Escas. A côté de l'aveugle, conduit par son chien, sautillait le cul-de-jatte, comme un crapaud qu'un jardinier a coupé en deux avec sa bêche; le manchot tendait son moignon garni d'une bourse, et le pied-bot décrivait en marchant des zigzags, pour arriver jusqu'à Michel qui leur distribuait d'abondantes aumônes de la part de son maître. Mais la grosse poche du tablier de Michel, qui sonnait si bien le cuivre deux heures auparavant, commençait à se dégonfler; lui qui donnait d'abord à pleines mains, devenait moins prodigue, à mesure que sa poche se désemplissait. Plusieurs mendians ne se contentaient pas d'une seule aumône : à peine avaient-ils reçu leur pièce de monnaie, plus ou moins considérable, suivant leurs infirmités, qu'ils changeaient de haillons entre eux, souvent même d'ulcères, et revenaient effrontément tendre la main. Long-temps le rustique aumônier ferma les yeux sur un abus qui, du reste, ne lui coûtait pas un centime, et fut très charitable aux dépens de son maître, mais quand les sous devinrent plus rares, alors il examina son monde et renvoya rudement tous ceux qui reparaissaient avec d'autres habits, pour se faire donner de l'argent une seconde fois. Une espèce de lépreux, grand, fort, et large d'épaules, comme Michel, mais qui se pliait en deux et s'appuyait sur une béquille pour exciter la commisération, après être revenu trois fois à la charge, essaya de soutirer quelque chose encore et se représenta devant Michel, sans même s'appliquer un emplâtre sur l'œil et sans le moindre déguisement. Il culbuta les camarades qui gênaient son passage, et fit tant des pieds, des mains et de la béquille, qu'en moins d'une seconde il fut près de Michel.

— Mon bon monsieur, dit-il d'une voix lamentable, n'oubliez pas ce pauvre malheureux paralytique qui n'a pas mangé depuis huit jours. Dieu vous le rendra, mon bon monsieur.

Puis, il attendit bravement l'effet de sa harangue et présenta sa grosse main calleuse à Michel, qui la repoussa rudement du coude.

— Veux-tu donc déguerpir, mauvais sujet, cria Michel d'une voix de Stentor, où je vais t'apprendre à marcher sans béquille. Voyez donc l'animal, c'est la dixième fois qu'il vient tendre la patte. Allons! vite, dehors!

— Oui! oui! c'est un filou, hurlèrent tous les mendians qui redoutaient le soi-disant paralytique et le haïssaient à la mort; il ne laisse rien pour les autres. Chassez-le, monsieur Michel! nous allons vous aider.

— Eh bien, tu n'es pas parti? dit Michel au lépreux qui ne bougeait pas, et répétait sa traînante psalmodie d'usage, sans y changer une syllabe, attends-moi!

Alors Michel prit cet homme au collet et le poussa vigoureusement du côté de la porte, mais le pauvre se redressa, comme par magie, de toute la hauteur de sa taille, les yeux flamboyans, l'écume à la bouche, et déchargea sur la tête de son antagoniste un coup terrible de béquille, auquel l'épaisseur du crâne de Michel était seule capable de résister. Michel en fut d'abord étourdi : il chancela, puis, réunissant toutes ses forces, il se précipita, les poings fermés, sur le mandiant qui vomissait les plus horribles blasphèmes et les imprécations les plus furibondes contre M. d'Escas et toute sa maison. Le mendiant venait d'être terrassé par Michel qui lui mettait ses deux genoux sur la poitrine, et lui clouait les bras sur le pavé, lorsque M. d'Escas, attiré par le tumulte, s'approcha de la croisée, et vit tout ce qui se passait dans la cour. Son premier mouvement fut la pitié; il tira de sa bourse une pièce d'argent, et ne parut pas s'émouvoir des noms injurieux que le pauvre en fureur continuait à lui prodiguer.

— Michel! cria-t-il d'un ton sévère, aidez cet homme à se relever!

Mais le mendiant, aveugle et sourd de rage, n'entendit point la voix de M. d'Escas, et ne sentant plus ce genou pesant qui lui trouait l'estomac, il accrocha ses doigts aux cheveux crépus de son vainqueur, qui lui tendait généreusement la main.

— Scélérat, brigand, vociférait-il, je voudrais te manger le cœur! va-t'en dire de ma part à ton vieux ladre de maître que c'est un...

— Que dit-il? demanda Léontine à son mari, car elle suivait tout cet affreux dialogue; mais les cris et les rires qui redoublèrent en ce moment, l'empêchèrent de saisir le dernier mot.

Quant au vieillard, il avait bien entendu ce mot qui fut pour lui comme la foudre. Ses joues devinrent blanches, ses dents claquèrent avec force, il serra convulsivement les poings.

— Michel! Michel! tue-moi ce misérable! pas de grâce! tue-le.

Voilà tout ce qu'il put articuler, le reste de ses paroles fut inintelligible; et le géant s'était rué de nouveau sur le pauvre, qui, tout contusionné, la figure meurtrie et bleue de coups, alla heurter avec sa tête une borne qu'il teignit de son sang.

— Tue-le! tue-le! criait toujours M. d'Escas, insensible aux gémissemens de la victime, et le bras de Michel, ainsi qu'un marteau sur l'enclume, frappait sans relâche, toujours plus fort.

— Mon ami, je vous en conjure, disait Léontine épouvantée, pardonnez à cet homme! on va le tuer.

En effet le mendiant ne donnait plus signe de vie; il était sans mouvement par terre, et Michel lui marchait encore sur le ventre.

— Assez! Michel! dit alors M. d'Escas en refermant la fenêtre.

IV

Un lit de mort.

Le vicomte Armand venait d'être nommé colonel, et devait passer une semaine à Paris pour ses affaires. Il avait promis à M. d'Escas de ne pas faire une plus longue absence, et de revenir immédiatement après à Fontainebleau. Mais le vieillard ne fut pas seul triste et morose quand le vicomte Armand s'éloigna; Léontine en fut désolée, et sa cousine pleura toute une journée en cachette.

Depuis le départ du vicomte, la maison avait pris un aspect morne et solitaire; la vieille Marguerite était mourante. Un cancer qui lui rongeait l'estomac faisait chaque jour des progrès effrayans, et les médecins l'avaient condamnée. La malheureuse poussait continuellement des cris affreux; éprouvait des souffrances inouïes, et demandait la mort. Plusieurs fois elle avait essayé de se tuer, mais son confesseur la dégoûta facilement du suicide en la menaçant d'une éternelle damnation.

Un matin, ses tourmens semblèrent tout à coup s'apaiser; sa figure redevint calme: après une nuit de fatigues et de tortures elle s'endormit; mais le médecin qui la soignait, loin d'espérer quelque chose de cette léthargie, profita du sommeil de Marguerite pour s'en aller, et déclara que l'agonie suivrait presque immédiatement le réveil. On venait de l'administrer pour la troisième fois : elle s'était confessée, avait communié avec la plus grande dévotion, mais toujours, au moment de l'absolution, quand le prêtre imposait les mains à la moribonde, toujours elle s'évanouissait en frappant sa poitrine osseuse.

Elle reposait assez paisiblement depuis une heure, et sa garde-malade, qui pendant huit jours et huit nuits ne l'avait pas quittée un instant, respirait à la fenêtre d'un corridor l'air pur et balsamique du jardin. Le soleil était brillant et chaud, mais de grosses nuées jaunâtres qui s'agglomeraient lentement dans l'atmosphère, annonçaient un prochain orage; à de longs intervalles des roulemens de tonnerre se faisaient entendre dans le lointain.

M. d'Escas lisait son journal auprès de sa femme qui ne sortait pas encore de la chambre; elle tenait son enfant dans ses bras, et, par moment l'approchait de sa mamelle. Elle savait qu'avant une heure ou deux sa vieille bonne n'existerait plus, et ses regards étaient fixés sur l'aiguille de la pendule; des soupirs gonflaient sa poitrine. M. d'Escas gardait le silence, et paraissait préoccupé; on voyait que sa lecture ne l'intéressait guère, car souvent la feuille lui tombait des mains, puis il marchait à grands pas, et sa vue distraite errait sur tous les meubles de l'appartement. Enfin il plia son journal, le mit dans sa poche, et s'enfonça dans un vaste fauteuil en maroquin.

— Cette pauvre Marguerite, dit-il, nous allons donc la perdre! Vraiment, j'en ai le cœur navré! c'est une si bonne fille, qui nous a toujours été si attachée! je donnerais tout au monde pour la conserver!

— Hélas! reprit Léontine, elle est peut-être morte à présent! Au surplus, cela est heureux pour elle; car, depuis huit jours, ce qu'elle a souffert est horrible à penser. Chacun de ses cris me fendait l'âme! J'aurais pourtant voulu la voir avant son dernier soupir! S'il en est temps encore, mon ami, faites-moi transporter dans sa chambre.

— Y penses-tu, ma chère Léontine? Dans ton état! Quand la moindre émotion peut compromettre ton existence et celle de notre enfant! Tu ne sais pas ce que c'est qu'un lit de mort! un pareil spectacle n'est pas fait pour les yeux d'une femme; moi, qui suis homme, j'aurais de la peine à le soutenir.

— Mon ami, je vous en prie, conduisez-moi près de Marguerite, car je veux qu'elle me pardonne en mourant. Quelques jours avant qu'elle ne tombât malade, je l'ai traitée durement, la pauvre fille, je ne sais plus pourquoi; mais j'avais tort. Je voudrais bien la voir un instant.

— Non, ma Léontine, non, ce n'est pas possible, répondit M. d'Escas; si j'y consentais, je serais ton bourreau. Tu l'as traitée un peu durement, dis-tu; va, je connais la bonne Marguerite, elle n'a point de rancune; mais j'aime ta franchise: ce remords est la preuve de ton excellent naturel... Ne pleure pas, mon ange, tâchons d'écarter les idées sombres... Songeons à notre enfant! Ah! tu ne peux t'imaginer tout ce qui se passe dans mon cœur de père, toute la plénitude de mon bonheur, quand je vois ce cher petit suspendu à ton sein. Déjà tu m'étais bien chère, mais aujourd'hui que tu m'as donné ce fils, je sens que ma tendresse a crû de moitié.

Léontine baisa le front délicat de son enfant, et répondit au vieillard par un sourire mouillé de larmes. Ils restèrent quelque temps l'un et l'autre sans parler. M. d'Escas était comme en adoration devant cette jeune mère qui balançait amoureusement son frêle nourrisson. Dans ce profond silence, on n'entendait que le vent qui, par intervalle, s'engouffrait dans la cheminée, ou, ce bruit délicieux pour l'oreille d'un père, ce bruit des lèvres d'un enfant qui tette. Oh! alors, comme l'âme du vieillard s'épanouissait! elle était si pleine de joie qu'elle débordait en larmes, et toute sa figure n'avait plus de rides, elle rayonnait d'orgueil, de cet orgueil paternel dont s'enivre un vieillard qui se voit revivre dans un autre lui-même. Puis, il faisait mille beaux projets, il oubliait que ce fils n'avait pas quinze jours; il le voyait déjà grand et bon à marier, aimé, courtisé par toutes les plus jolies femmes.

— Eh bien! qu'en ferons-nous? dit-il impétueusement à Léontine, comme s'il n'eût pas cessé de lui parler un seul instant, quel est ton avis? es-tu pour le barreau? pour le commerce? C'est une carrière brillante que celle d'avocat, quand on a du talent! et Charles ne peut manquer d'en avoir, mais il faut bien des années pour percer.... Tiens, toutes réflexions faites, le commerce est préférable.

Léontine souriait sans répondre.

— Oh! je te comprends, maligne, tu penches pour le militaire; tu voudrais voir ton Charles en bel uniforme de colonel, avec l'épée au côté, comme notre ami le vicomte. Toutes les femmes ont du goût pour les épaulettes; et puis, j'en conviens, c'est flatteur de pouvoir dire d'un superbe cavalier qui galope à la tête de son régiment : Voilà mon fils! voilà mon Charles! Mais tu ne songes pas à la guerre; elle peut survenir d'un moment à l'autre; alors il faut laisser partir son enfant, et qui sait quand nous le reverrons! jamais peut-être? Que de périls? Tu ne penses donc pas qu'il ne faut qu'une balle, un éclat d'obus!... Ah! mon Charles! si j'allais te perdre! Non! tu n'iras pas à l'armée, tu resteras avec ton père!...

Et, les yeux en pleurs, il enleva son enfant des bras de Léontine, et le fit crier à force de baisers et de caresses... A l'instant même, une espèce de hurlement qui partait du haut de la maison, retentit : M. d'Escas eut un frisson et faillit laisser échapper son précieux fardeau.

— C'est l'agonie de Marguerite, dit-il à Léontine, en lui rendant le nouveau-né. La pauvre femme a de la peine à mourir; elle souffre beaucoup. Je vais la voir; peut-être adoucirai-je ses derniers momens.

Il eut bientôt monté les trois étages, et quand il fut dans le corridor qui menait à la mansarde de Marguerite, il entendit plus distinctement des plaintes, d'horribles lamentations qui ressemblaient à des prières, et la voix rude d'un homme qui se mêlait aux cris de la mourante.

— Confessez-vous, disait la voix; songez, pécheresse, que vous allez paraître devant le tribunal de Dieu. Parlez, quand vous le pouvez encore.

— Mon père! mon père! répondait la vieille femme, grâce!... donnez-moi l'absolution!...

— Eh bien! confessez-vous, reprenait la voix, vous ne m'avez pas tout dit, j'attends!

— Mon père! vous savez tout. Ah! l'absolution...

M. d'Escas, effrayé de ce dialogue, ouvrit brusquement la porte; un étrange spectacle s'offrit à ses regards. Dans une chambre étroite et mal éclairée par une croisée à coulisse, sur un lit à moitié défait, et garni de rideaux tout bigarrés de perroquets et de fleurs, gisait une vieille femme, pâle comme son drap et les mains jointes. Un prêtre, à figure longue et jaune, lui présentait un crucifix; c'était le confesseur qu'elle venait encore de faire appeler, dans un remords de conscience. La garde-malade était sortie de la chambre pour ne pas gêner la confession de Marguerite; mais, au moment où le prêtre levait les bras sur la moribonde pour lui donner l'absolution, elle poussa comme un rugissement et déclara qu'elle n'avait pas avoué tous ses péchés; que le plus grand restait à dire : puis, quand elle ouvrait la bouche pour cet aveu, un tremblement universel secouait ses membres, sa langue demeurait glacée, et le confesseur penchait vainement son oreille vers Marguerite pour entendre un secret qu'elle jura d'emporter au tombeau.

— Que signifie cela? dit en entrant M. d'Escas au prêtre qui le toisa de la tête aux pieds; cette femme a besoin de repos : elle a déjà reçu les secours de la religion, et votre présence, monsieur, n'est plus nécessaire, je crois. Je vous engage à vous retirer.

— Ma présence est plus utile ici que la vôtre, monsieur, répondit l'ecclésiastique en lançant au vieillard un coup d'œil irrité, c'est Dieu qui m'envoie, et ma place est au chevet des mourans. Permis à vous de sourire dédaigneusement, monsieur le philosophe, vous qui lisez Voltaire et Jean-Jacques Rousseau; moi, je viens lire à cette femme les psaumes des agonisans: je viens sauver une âme de l'enfer!

— Ayez pitié de moi! mon père, s'écria Marguerite d'une voix éteinte, oh! ne me laissez pas mourir ainsi! Je suis repentante... Faites que Dieu me pardonne!

— Tu caches un péché, malheureuse! continua l'énergumène, jure-moi, devant ce Christ, que tu m'as tout dit, ou tu seras damnée.

Marguerite s'évanouit.

— Sortez, dit M. d'Escas au prêtre en lui montrant la porte, et ne revenez jamais dans cette maison, je n'aime pas les fanatiques! ils feraient détester la religion.

— Je ne sortirai pas d'ici, répliqua le prêtre, que ma pénitente n'ait rendu le dernier soupir; d'ailleurs, c'est elle qui m'a fait mander; elle n'a pas achevé sa confession; il y va du salut éternel!

— Vous avez tué cette femme, reprit M. d'Escas, sortez, vous dis-je, ou j'appelle mes domestiques.

— Je sors, dit le confesseur écumant de rage, mais elle n'aura pas d'absolution; qu'elle meure avec ses péchés mortels, et qu'elle soit damnée!

Il referma la porte bruyamment et continua ses menaces jusqu'au bas de l'escalier.

Ce prêtre, ancien missionnaire, avait conservé l'intolérance et la fougue de ses confrères, qui s'en allaient prêchant dans les campagnes, réveillant les haines religieuses du Midi, et brûlant Voltaire et tous les philosophes du dix-huitième siècle. Un pareil forcené, qui n'était bon qu'à mettre à Bicêtre, boursoufflait tellement son langage de mots terribles et mystiques, et faisait de l'enfer une si atroce peinture, qu'il exerçait beaucoup d'empire sur l'esprit faible des paysans, et que, dans les environs de Fontainebleau, on le regardait comme un saint. Marguerite surtout croyait en lui presque autant qu'en Dieu; elle s'était laissé fasciner par le verbiage de ce fanatique, qui profitait de son influence sur la vieille femme, pour se faire donner le peu d'argent qu'elle possédait. Elle était naturellement dévote et crédule; aussi les discours menaçans de son confesseur, qui la damnait pour une seule distraction à la messe, ne tardèrent pas à désorganiser un cerveau déjà malade. Dans son délire de fièvre, au milieu des souffrances les plus aiguës, elle ne rêvait qu'enfer et purgatoire; ses actions les plus insignifiantes reparaissaient à ses yeux sous la forme de péchés mortels: à chaque crampe d'estomac elle croyait sentir la fourche du diable. Son agonie était affreuse.

Quand elle eut perdu connaissance, M. d'Escas s'empressa de lui jeter de l'eau fraîche au visage et de lui frotter les tempes avec du vinaigre.

— Allons, disait-il, ma bonne Marguerite, reviens à toi; cet homme n'est plus ici, n'aie pas peur, c'est moi.

Enfin Marguerite rouvrit les yeux, elle fit un effort pour se lever sur le coude, et retomba lourdement sur l'oreiller.

— Où est-il? où est-il? murmura-t-elle avec un accent de crainte indéfinissable, et ses grands yeux ternes errèrent par toute la chambre.

— Il n'est plus là, te dis-je, ma bonne Marguerite, répondit M. d'Escas, et tu peux être tranquille, il ne reviendra pas.

La garde-malade fit boire à Marguerite une potion qui lui redonna quelques forces: puis elle remit en ordre les draps du lit, que l'agitation de la vieille avait dérangés.

Après un instant de silence, Marguerite fit signe à M. d'Escas de se rapprocher du lit. Alors elle lui prit la main et la porta rapidement à ses lèvres décolorées.

— O mon bon maître ! dit-elle d'une voix plus ferme, comment vous témoigner toute ma reconnaissance ?... Vous m'avez toujours comblée de bontés... Vous et madame... je vous remercie... du fond de mon cœur ! Mon plus grand regret, ah ! mon bon maître, c'est de vous quitter.

— Un peu de courage, Marguerite, reprit M. d'Escas, et ne parle pas de nous quitter ! Sois plus calme ! Va, nous te sauverons ! J'en ai vu de plus malades qui se portent bien maintenant.

— Non, mon excellent maître, c'est fini ! Ne cherchez pas à m'abuser... Je sais bien que je vais mourir... Mais dites-moi que vous me pardonnez... Je vous en supplie, dites-moi cela !

— Te pardonner, Marguerite ! pourquoi ? Laisse-moi plutôt te remercier de tes bons services ; je ne les oublierai jamais.

— N'importe ! monsieur, pardonnez-moi tous les torts que j'ai pu commettre envers vous... car je suis une malheureuse bien coupable...

Elle fondait en larmes et sanglotait.

— Mais, rassure-toi, ma pauvre Marguerite, je te le répète, tu m'as toujours servi d'une manière qui fait ton éloge. Je n'ai pas la moindre chose à te reprocher ; ma femme et moi, nous sommes contens.

— Vous ne savez donc pas, monsieur ?... Ah ! si vous le saviez... Je vous ai payé d'ingratitude... C'est infâme.

— Mais tu perds la raison, Marguerite, qu'as-tu donc fait de si coupable ?... Je te laisse, un peu de sommeil t'est nécessaire ; ne t'agite pas l'esprit de pareilles idées, ce n'est pas le moyen de guérir.

M. d'Escas ferma les rideaux du lit, et se leva pour sortir de la chambre, mais la malade le retint par le pan de son habit.

— Ne vous en allez pas, au nom du ciel ! mon bon maître, je veux tout vous avouer... Il faut que je vous détrompe ; j'ai commis une action qui mérite l'enfer.

A l'instant même un éclair bleuâtre illumina la mansarde, et fut suivi d'un épouvantable coup de tonnerre.

— Ah !... s'écria Marguerite, c'est Dieu qui tonne... Il veut que je parle Pardon ! pardon ! monsieur d'Escas, mais ne la tuez pas... c'est moi qui l'ai perdue.

— Qui ?... Marguerite,... dit M. d'Escas, en écartant les rideaux.

Alors de larges gouttes de pluie commencèrent à battre les vitres : les éclairs devinrent plus fréquens, et toute la maison tremblait à chaque roulement de tonnerre.

M. d'Escas restait penché sur le lit de la vieille qui le regardait la bouche béante, et d'un œil stupide.

— Sortez ! vous, cria-t-il à la garde, et ne rentrez pas avant que je sonne.

— Eh bien ! Marguerite, que voulais-tu me dire ?... Je t'écoute... De qui parlais-tu ?

— Monsieur ! monsieur ! ne lui faites pas de mal ! je suis la seule coupable... Elle avait refusé long-temps... Oh ! non, vous la tueriez ? Je ne vous le dirai pas...

— Veux-tu bien t'expliquer, Marguerite, je suis las d'attendre... Il faut que je retourne auprès de ma femme et de mon enfant...

— O mon bon maître ! ne me faites pas ces yeux terribles... C'est une effroyable histoire... Empêchez-moi de vous la raconter...

— Parleras-tu femme ? A présent, je te l'ordonne.

Il grinçait des dents et frappait du pied, l'écume lui sortait de la bouche, et Marguerite atterée, bégayait des mots inintelligibles.

— Allons ! ne me cache plus rien, Marguerite, dit M. d'Escas, en feignant de s'adoucir, tu vois, je ne suis pas en colère... Tu n'as rien à craindre... je te laisserai parler jusqu'au bout.

Marguerite, encouragée par ces paroles, se mit sur son séant.

— Je me confesse à vous, mon cher maître, car je vous ai cruellement offensé... Vous, le meilleur des maîtres,... le meilleur des époux... Vous aviez une femme jeune, belle et vertueuse, qui jusque alors respectait vos cheveux blancs! Eh bien! je l'ai corrompue... Je l'ai séduite, moi qui devais la soutenir de mes conseils... C'est horrible!... Une nuit, j'ai fait venir chez elle...

—Quoi! misérable! s'écria le vieillard en se précipitant sur la moribonde et la serrant à la gorge... Tu as fait cela!

— Grâce! grâce! je meurs!... Encore un instant... mon bon maître...

Et Marguerite se débattait sous l'étreinte de cet homme furieux qui, dans son délire, oubliait qu'il n'étouffait qu'une mourante.

— Nomme l'infâme, continuait celui-ci, que je le poignarde, que je le coupe par morceaux, que je marche dessus...

— O mon Dieu!... que vous me faites mal... Je souffre,... reprenait Marguerite, sur qui pesait tout le corps de l'autre.

Et c'était chose hideuse que cette vieille femme à moitié nue, qui se roulait dans les convulsions; avec ses bras jaunes et décharnés, elle essayait d'écarter son bourreau qui la meurtrissait de coups et l'étranglait. Par moment, un éclair rendait plus livides ces deux figures qui se heurtaient, et le bruit de la foudre ne couvrait point ces deux voix qui hurlaient comme deux bêtes féroces.

— Achève! malheureuse, achève! Combien y a-t-il de cela?... Veux-tu bien répondre... Est-ce à Paris?...

Marguerite fit un geste affirmatif.

— Avant la naissance de mon enfant?

— Oui! dit-elle; mais d'une voix si faible que M. d'Escas ne fut pas sûr de l'avoir entendue.

Cependant il redoubla de coups et de violences, il serra plus rudement la gorge de Marguerite qui prononça le nom du vicomte Armand.

— Lui! non! tu mens... Femme! est-ce lui?

Mais Marguerite avait rendu le dernier soupir: M. d'Escas n'étreignait plus qu'un cadavre, et le secouant toujours avec force, il l'interrogeait encore.

V

Doute.

— Ah! quel orage! dit Louise en se rapprochant de Léontine, je n'ai jamais vu pareil ouragan! — On dirait que la maison va s'écrouler! comme le vent siffle!

— Non, Louise, ce n'est pas le vent... c'est le râle de Marguerite... Dieu! quels cris! il me semble que j'entends aussi la voix de mon mari... Ecoute!

Elles prêtèrent l'oreille; mais il se fit une effroyable détonation; le tonnerre venait de tomber dans la cour. — L'enfant qui dormait dans son berceau, réveillé par le bruit, s'agita, se mit à pleurer, et Louise balançait la couche pour le rendormir, quand M. d'Escas, pâle et hagard, apparut soudainement dans la chambre comme un spectre.

Il s'élança vers sa femme, et la regarda fixement sans prononcer une parole; il avait l'air de ne pas la reconnaître; ses dents claquaient, ses yeux brillaient comme deux flammes.

— Qu'avez-vous, mon ami? dit Léontine; comme vous êtes troublé!...

— Je sors de la chambre de Marguerite, madame...

— Et comment l'avez-vous laissée?...

— Morte, répondit M. d'Escas avec une espèce de ricanement, qui fut suivi d'un long soupir.

— Quoi! déjà!... la pauvre fille! Dans son agonie, elle a dû penser à moi!...

— Oh!... oui, madame! elle m'a parlé de vous!...

— J'en étais sûre!... La bonne Marguerite! Elle m'aimait tant... C'est une cruelle perte... irréparable! — Elle, qui me fut toujours si dévouée!

— Que dites-vous là, madame! s'écria M. d'Escas, en s'arrachant des poignées de cheveux blancs; c'est donc vrai!... Non, c'est trop horrible... pour y croire... Elle était dans le délire, la malheureuse!... Elle râlait... c'est la souffrance...

— Elle souffrait donc bien? dit Léontine.

— J'ai souffert plus qu'elle! reprit-il d'une voix sourde et pleine de sanglots... Léontine! Léontine! Ah! si tu savais! c'est bien affreux.

Il se laissa tomber dans un fauteuil, et cacha son visage dans ses mains; des larmes ruisselaient entre ses doigts maigres.

— Mon bon cousin, dit Louise en se penchant avec tendresse sur le vieillard; ne vous faites point de mal!... Sa main est glacée, continua-t-elle à demi-voix; bonne Léontine, il ne m'entend pas... Parle-lui. — Ce douloureux spectacle l'a bouleversé... Il a toujours cette femme mourante devant les yeux! — Il est si bon... De pareilles scènes ne sont pas faites pour lui.

Tout à coup M. d'Escas se leva convulsivement, comme un cadavre au toucher du galvanisme, et courut au berceau. Il entr'ouvrit les petits rideaux de soie verte qui retombèrent, et lui cachèrent la tête. Sa femme pensa tout naturellement qu'il embrassait le nouveau-né; mais comme elle aurait frémi si, dans sa curiosité maternelle, elle eût soulevé le coin de ces rideaux!

L'enfant dormait, calme et rose comme un de ces chérubins ailés qu'on voit dans les tableaux de Raphaël, et des yeux flamboyans le considéraient; une haleine de feu qui lui soufflait au visage, se mêlait à sa respiration fraîche, harmonieuse. C'était le père qui, dans les traits à peine ébauchés de cette frêle créature, croyait démêler une ressemblance qui n'existait pas, et que son imagination malade lui montrait sans cesse. Cet enfant, objet de tous ses vœux, qui devait être son bâton de vieillesse, et que tout à l'heure encore il tourmentait de baisers, eh bien! maintenant qu'il doute, il ne voit plus cet enfant qu'avec rage et dégoût; il serre les poings comme s'il voulait écraser le pauvre innocent qui dort d'un si paisible sommeil.

— Tu vois, ma chère Louise, dit Léontine, il ne peut se détacher du berceau. La vue de son enfant a suffi pour le calmer.

— C'est étrange, répliqua Louise, il ne bouge pas : voilà dix minutes qu'il est à regarder ton petit Charles; ce cher enfant va s'éveiller et nous aurons toutes les peines du monde à le rendormir. Il faut que j'aille voir.

Elle marcha sur la pointe du pied, et lorsqu'elle fut près du berceau, elle souleva légèrement l'un des rideaux, et s'enfuit tout effrayée de la pâleur de M. d'Escas et des regards terribles qu'il jetait sur l'enfant.

Le père redressa brusquement la tête et manqua de renverser le berceau; puis, sans dire une seule parole, il sortit de la chambre de Léontine et se retira dans la sienne. On l'entendit fermer sa porte à double tour.

— Quel regard il vient de nous lancer! dit Louise; serait-il en colère contre nous?

— A quel propos? reprit Léontine; tu ne connais pas encore à fond le caractère de mon mari : c'est un digne homme, doué des meilleures qualités, mais bizarre et fantasque au dernier point. On croirait souvent qu'il est furieux et prêt à vous battre, parce qu'il s'emporte contre une idée qui lui passe dans le cerveau, et toute cette fureur n'est qu'imaginaire, c'est une crispation nerveuse. — Au surplus, son air effaré n'a rien qui m'étonne aujourd'hui. M. d'Escas est fort impressionnable, et certes, un homme plus ferme n'aurait pas vu de sang-froid la déchirante agonie de ma pauvre femme de chambre.

— Tu ne saurais croire, Léontine, combien j'ai du noir dans l'âme. Je crains que ton mari ne tombe malade... il est triste! Mais heureusement que Charles va revenir pour le distraire...

— Il ne revient que dans cinq ou six jours, interrompit Léontine, mais... peut-être as-tu reçu des nouvelles?

— Oui... balbutia Louise, et l'incarnat de ses joues devint plus vif. — J'étais venue pour te le dire... j'ai oublié.

— As-tu là sa lettre? demanda Léontine.

Et Louise tira de sa corbeille à ouvrage une lettre décachetée.

— Tiens, lis, ma bonne cousine, lis ce qu'il m'écrit... Quel charmant style! comme chaque mot peint son âme! Eh bien! tu ne dis rien? Ne trouves-tu pas cette lettre délicieuse? Seulement il est pour moi trop libéral d'éloges, il est trop complimenteur, n'est-ce pas, Léontine? Si j'étais plus coquette, toutes ces louanges me tourneraient la tête!

Mais tu vois comme il est galant; c'est pour moi qu'il abrége son voyage de plusieurs jours... Il ne peut vivre où je ne suis pas!... Lis plutôt, Léontine; vraiment je suis bien heureuse!

— Oui, bien heureuse! murmura Léontine et retenant mal un soupir, puis elle continua sa lecture.

— Il ne t'a pas oubliée, Léontine, tu verras à l'avant-dernière ligne de cette page... Tiens... lis... *Renouvelez à votre aimable cousine toute l'assurance de mon amitié; je l'aime comme une sœur.*

— Comme une sœur! pensa Léontine; et voilà tout! Puis elle rendit la lettre du vicomte à sa jeune cousine avec une expression de mauvaise humeur que Louise ne remarqua point.

Bientôt Léontine, voulant rester seule pour s'abandonner tout entière à ses réflexions, prétexta un mal de tête, et Louise retourna dans son appartement pour relire vingt fois cette lettre qui la remplissait de joie et d'amour.

M. d'Escas ne dîna point, il ne voulut voir personne; et le soir, quand tout le monde fut couché dans la maison, il prit une bougie, et montant l'escalier avec précipitation, alla s'enfermer dans son cabinet de physique. Il trébuchait à chaque pas comme un homme ivre, cognant les meubles et renversant les chaises. Sa figure était bouleversée; une sueur froide inondait ses tempes: sa raison paraissait l'avoir entièrement abandonné. Enfin sa pendule sonna minuit, et ces douze coups, frappés de suite, l'éveillèrent comme d'un somnambulisme. Il s'arrêta, se passa la main sur le front pour rappeler ses idées, et se croisa les bras sur la poitrine.

— Oh! non! c'est impossible! s'écria-t-il; il eût fallu par trop de scélératesse! Elle n'aurait pas eu la cruauté de m'assassiner de la sorte, de cracher sur moi, vieillard, de chercher dans mon cœur les fibres les plus sensibles, pour y fouiller avec le poignard! Elle ne m'aurait pas tué dans mes plus tendres affections... C'est vrai! je ne suis plus jeune... j'ai trois fois son âge; mais ce n'est pas une raison pour qu'on me foule aux pieds, pour qu'on me trompe indignement! Non! Léontine est vive, légère, comme une femme qui n'a pas vingt ans... Elle aimera peut-être à se faire remarquer dans un bal, à captiver tous les suffrages; mais au fond elle est bonne et candide... Elle vénérait son père et ne consentirait pas à m'outrager!...

Mais pendant qu'il parlait ainsi à voix haute, en marchant de long en large dans son cabinet, un autre monologue grondait en lui, tumultueux, cruel, implacable, et qu'il ne pouvait pas étouffer.

— Ah! disait-il intérieurement, les infâmes! ils m'ont joué, déshonoré!

à mes yeux !... et je n'ai rien vu... Crédulité ! je me suis laissé couvrir de boue, comme un idiot ! Toute ma joie, tout mon orgueil, toutes mes espérances... anéantis... Plus rien que la honte !... Pensée à se briser la tête contre les murs... à s'arracher le cœur ! Cet enfant que je préférais à toutes les félicités de la terre et du ciel, cet enfant, dont la naissance avait tant réjoui mon âme, ce n'est plus qu'un insecte venimeux que je dois écraser !... Ah ! pourquoi ne suis-je pas mort quand il vint au monde, cet être qui m'était mille fois plus cher que la vie !... Je serais mort dans la plénitude de mon bonheur !... au comble de mes vœux les plus ardens, car j'étais père !... Oh ! je ne le suis plus ! Je ne l'ai jamais été... Je suis le dernier des hommes, le plus misérable... Je n'ai rien à moi sur terre... il faut en sortir... La mort ! la mort !

Ce mot s'échappa de ses lèvres comme un rugissement. Il ouvrit une armoire, y prit un pistolet qu'il chargea, et l'appuyant contre son front, il pressa la détente ; la pierre, en s'abattant, fit jaillir deux étincelles ; mais le coup ne partit point : M. d'Escas, dans son trouble, avait laissé tomber l'amorce.

— Mais s'il était mon fils ! pensa-t-il, en amorçant le pistolet qu'il posa tout armé sur une table ; si tout ce que m'a dit cette femme de chambre n'était que mensonge ! Au fait ! j'avais tort de la croire peut-être ; une moribonde qui depuis trois jours était dans le délire, dévorée par la fièvre... et qui n'attachait aucun sens aux paroles vagues et incohérentes qu'elle jetait par lambeaux dans ses convulsions... D'ailleurs, elle ne m'a rien dit de positif... J'ai mal compris... oui, j'ai mal entendu... Sa voix était si faible... elle n'avait pas sa raison, cette femme !... Au milieu de l'agonie... elle brouillait les mots, les idées... Elle ne parlait pas enfin, elle râlait !

Puis un éclair de joie illumina son visage qui redevint sombre. Il arpenta la chambre à plus grands pas, et chaque fois qu'il passait devant son arme, il se penchait comme pour la saisir.

—J'étais bien simple, murmurait-il, de croire aveuglément une folle... Non, cela n'est pas, cela ne peut pas être... Marguerite n'a jamais voulu dire une pareille chose... Je me suis tout figuré... C'est un mauvais rêve... n'y pensons plus !... Comment faire, pour n'y plus penser !... Oh ! si je pouvais m'arracher cela du cœur avec une tenaille !

Il prit un livre de chimie qu'il feuilleta pour changer le cours de ses idées ; mais à chaque ligne apparaissaient les dernières et fatales paroles de Marguerite. Il jeta son livre par terre, et se mit à tourner la roue de sa machine électrique, sans but, sans réflexion, pendant plus d'un quart d'heure. L'atmosphère était lourde et chargée d'électricité.

Malgré cette occupation, il ne put chasser long-temps les pensées cruelles qui s'acharnaient après lui. Le doute, comme un poison dévorant et subtil, avait soudainement gangrené son cœur, et circulait dans ses veines avec le sang ; le doute horrible, le doute de la paternité !

La promenade taciturne de M. d'Escas avait recommencé ; il allait et venait continuellement : ce pas monotone et régulier faisait trembler le parquet, et se répercutait sourdement dans les corridors.

Soudain le vieillard interrompit sa marche et monta sur une espèce de tabouret à pieds de cristal, pour atteindre un instrument de physique ; mais à l'instant même il tomba comme foudroyé, et demeura sur le plancher, sans connaissance. En se levant, il avait touché *le fil conducteur* avec sa tête, et reçu toute la commotion électrique.

Quand il reprit ses sens, un reste de bougie brûlait encore, prêt à s'éteindre ; il faisait déjà grand jour. M. d'Escas éprouvait de fortes douleurs à la tête, un éblouissement, des vertiges ; mais les souffrances de son âme étaient plus cuisantes. Tout son malheur lui revint à l'esprit, avec un torrent de pensées amères qui le firent sangloter. Il songea que c'était bientôt l'heure d'aller embrasser Léontine et son enfant : cette idée le rendit furieux.

— Les voir encore! s'écria-t-il en appliquant la bouche du pistolet contre sa poitrine; pas dans ce monde, au moins!

Il ne tira pas: une réflexion subite paralysa le mouvement de son doigt. Il sortit sur-le-champ du cabinet de physique, et courut à la chambre de la défunte. Deux croque-morts s'occupaient d'ensevelir le cadavre, et l'entortillaient dans le drap de son lit! Une bière de sapin et son couvercle étaient posés à terre avec un marteau et de longs clous. On avait ouvert la petite fenêtre pour chasser les miasmes putrides de cette mansarde et renouveler l'air; un vent frais du matin venait se jouer dans les cheveux grisâtres de la morte, et soulever les rideaux qui bruissaient.

M. d'Escas s'empressa d'ouvrir la commode, et de fouiller dans tous les tiroirs; il secouait les hardes, et les jetait sur le carreau pêle-mêle, à mesure qu'il les visitait. Mais, parmi toutes ces vieilles jupes, ces camisoles de laine en loques, ces tas de robes plus ou moins chiffonnées, il ne trouvait rien de ce qu'il cherchait, et durant ces minutieuses perquisitions, les croque-morts étendirent le corps dans la bière.

— Tiens, vois donc, Bon-Vivant, dit le plus jeune à son camarade, en lui montrant des marques violettes autour du cou de Marguerite, ce collier d'un nouveau genre qu'elle vous a! C'est comme des griffes! Si notre vicaire était là, il ne manquerait pas de dire que c'est le diable qui l'a prise à la gorge pour l'empêcher de se confesser; crois-tu ça, toi?

— Au fait, répondit Bon-Vivant, depuis que j'ensevelis des morts, et dieu merci! voilà bientôt quinze ans, je n'ai vu chose pareille. J'en ai vu de toutes les couleurs, des blancs, des rouges, des noirs, les uns qui s'étaient pendus, les autres noyés, mais ils n'avaient pas cela. Pardieu! voilà bien des ongles, ou je ne m'y connais pas! — Qui, diable, a pu lui sauter au cou de la sorte, à la bonne dame!... Ce n'est pas moi, je te jure.

— Ni moi, répliqua l'autre en appuyant son genou sur la poitrine du cadavre pour le faire entrer jusqu'au fond de la bière; et pendant qu'il ajustait le couvercle sur le cercueil, son camarade enfonçait les clous dans le sapin à grands coups de marteau.

Leur colloque à demi-voix n'avait pas été jusqu'à l'oreille de M. d'Escas, toujours occupé de son investigation qui n'aboutissait qu'à la découverte de lettres insignifiantes et d'un livre de dépenses: mais le bruit du marteau qui bondissait lugubrement sur la bière, le fit tressaillir, il tourna la tête et vit tomber du lit un papier noir d'écriture et plié que ramassa l'un des croque-morts.

— Toi, qui sais lire, Bon-Vivant, dit son collègue, lis-moi donc ce papier. Ça m'a tout l'air d'un billet doux; la vieille dame l'avait caché sous le traversin. C'était une commère, à ce qu'il paraît!

— Eh! non, l'ami, reprit Bon-Vivant, après avoir jeté les yeux sur le prétendu billet doux, c'est une liste de dépenses... Tiens! quelle farce!... *J'ai manqué deux fois la messe... J'ai...*

VI

Illusion.

M. d'Escas venait d'arracher le papier des mains de cet homme: il reconnut sur-le-champ l'écriture de Marguerite, changea de couleur en lisant, et redescendit brusquement de sa chambre.

M. d'Escas tenait toujours le papier de Marguerite et n'en pouvait pas détacher sa vue. Il le retournait en tous sens, l'approchait, l'éloignait de ses yeux et paraissait en proie à la plus cruelle indécision; non que l'écriture grossière de la femme de chambre fût absolument illisible, mais deux larges ratures, si fortement appuyées qu'elles avaient troué la feuille, rendaient plusieurs mots indéchiffrables; et M. d'Escas s'acharnait à vouloir découvrir ces mots sous l'encre épaisse qui les cachait.

Marguerite, comme la plupart des vieilles femmes dévotes qui se défient de leur mémoire, et qui craignent d'omettre quelque chose à confesse, avait l'habitude, à l'approche des grandes fêtes, quand elle devait communier, de faire une liste préparatoire de ses péchés, par ordre de date. Elle était scrupuleuse au point de noter le nombre de fois qu'elle avait tourné la tête à la messe pour voir les allans et venans. Elle n'oubliait rien, s'accusait d'avoir abrégé sa pénitence un soir qu'elle tombait de sommeil, et de mille autres peccadiles aussi damnables.

Cette fois surtout la récapitulation de ses fautes était si minutieuse et si longue, que M. d'Escas fut près d'une heure à la lire.

Il est vrai que M. d'Escas tremblait de passer une lettre, et fouillait dans chaque mot. Il frissonna quand il lut ceux-ci :

J'ai donné de mauvais conseils à ma maitresse; et, plus bas, immédiatement après, se trouvaient deux lignes qui paraissaient avoir été d'abord surchargées, puis raturées de plusieurs coups de plume. M. d'Escas voulut user d'un procédé chimique pour faire reparaître l'écriture, mais il fut obligé d'y renoncer. Le papier, déjà percé par l'encre, s'amollit tellement à l'endroit de la déchirure qu'il se divisa presqu'en deux.

M. d'Escas se frappait la tête avec ses poings. Oh! comme il aurait donné de bon cœur, dans ce moment, la moitié de sa grande fortune pour voir clair dans ces deux lignes, car elles devaient sans doute contenir un mystère d'où sa vie dépendait! Mais la chose était physiquement impossible; il ne pouvait donc que s'égarer dans mille et mille conjectures plus ou moins désespérantes.

Enfin, hors de lui, dans une exaltation furibonde, il chiffonne l'écrit de Marguerite, et le met en pièces. A peine a-t-il fait cela, qu'il s'en repent, et ramasse les morceaux qui jonchent le parquet.

On frappa deux coups à la porte, mais si timidement qu'il ne les entendit pas, et qu'il fallut un troisième coup plus fort pour le tirer de son engourdissement.

— Qui est là? dit-il avec un accent de colère.

— C'est moi, mon ami, répondit une voix douce et tremblante. Est-ce que je vous dérange?

M. d'Escas grinçait des dents quand sa femme entra; mais l'air calme et bienveillant de Léontine le pétrifia, et fit tomber soudainement toute sa fureur.

— Comme vous semblez fatigué, mon ami! dit-elle; vous n'avez pas dormi?

— Eh! comment voulez-vous que je dorme, madame? répliqua-t-il. Vous ne savez pas ce que c'est, vous, que la souffrance!

— Seriez-vous donc malade, reprit ingénument madame d'Escas? Aussi, mon ami, vous travaillez trop; vous avez encore passé toute la nuit dans votre cabinet de physique; j'entendais votre pas au dessus de ma tête. Vous feriez bien de vous mettre au lit et de prendre quelques heures de sommeil, vous en avez besoin.

— Ce n'est pas du sommeil qu'il me faut, madame; il n'endort pas assez! il a des rêves! et c'est toujours la réalité!

— Hélas! mon ami, c'est une chose bien triste que la mort de notre pauvre domestique! Je vous jure que cela me touche comme vous; cette femme nous était dévouée! mais à quoi bon vous rendre malade? Oubliez l'affreux tableau que vous avez eu devant les yeux... Oubliez...

— Oublier! s'écria le vieillard près d'entrer en convulsions, oublier!... Et crois-tu donc que cela s'oublie, femme?...

Il tomba sans force dans un fauteuil, et comme saisi d'une attaque d'épilepsie; ce qu'il bégayait encore avait l'air d'un râle. Léontine sonna sur-le-champ ses domestiques, et M. d'Escas fut porté sur son lit, la figure violette et décomposée : le sang venait de lui monter au cerveau. Pendant plusieurs jours, l'état de M. d'Escas ne fut pas sans danger; mais d'abondantes saignées prévinrent une congestion cérébrale. Léontine, bien qu'elle n'eût pas un grand fonds de tendresse pour son mari, l'entoura de soins qui le touchèrent, et le rendirent plus incrédule aux révélations de Marguerite. Peu à peu il se familiarisa avec cette idée que Léontine était la vertu même, et que rien au monde n'aurait pu lui faire oublier un instant ses devoirs d'épouse. Il repassa mille fois dans son esprit toutes les bonnes qualités du vicomte Armand, et le jugea tellement incapable d'une trahison, qu'il s'en voulut de l'avoir soupçonné. Il s'accusait d'ingratitude et se trouvait bien fou d'avoir pu douter de sa femme et d'un ami, sur les paroles vagues d'une moribonde, qu'en pleine santé même il n'eût point fallu croire aveuglément. Alors, par une étrange réaction, cette douce pensée qu'il était père, revint s'épanouir dans son âme avec une foule de belles espérances, d'illusions joyeuses et de projets plus charmans les uns que les autres. Il voulait continuellement voir son fils pour lui faire mille caresses, nommait Léontine des plus jolis noms qu'il pût trouver dans son imagination enchantée, et demandait souvent si la voiture du vicomte n'était pas dans la cour, car il brûlait de réparer ses torts envers ce jeune homme d'une manière ou d'une autre, ou plutôt voulait-il, par un plus solide examen, corroborer la bonne opinion qu'il avait déjà du vicomte Armand. Cependant son médecin lui défendait de quitter le lit, tant que la fièvre n'aurait pas entièrement disparu.

Un jour que Louise, assise devant le piano, chantait, en s'accompagnant, un air de la *Gazza ladra*, et s'interrompait souvent pour rêver, la porte du salon s'ouvrit, et le vicomte Armand parut, sa cravache d'une main, et de l'autre son chapeau, gris de poussière.

— Ah! c'est vous! s'écria Louise en courant au devant du vicomte, que je suis contente de vous revoir!

Il y avait dans cette exclamation partie de l'âme, une candeur ineffable, et le vicomte en fut délicieusement ému.

— C'est pour ne plus nous quitter, Louise, dit-il en appuyant ses lèvres sur la main délicate de la jeune personne qui rougit. La porte du salon était restée ouverte, et dans une glace de la pièce voisine se refléta leur image au moment où Léontine passait.

— Ah! dit-elle avec un dépit qu'elle ne put maîtriser, je ne vous savais pas là, vicomte! vous êtes donc venu sur la pointe du pied, qu'on ne vous a pas entendu?

— Justement, madame, j'évitais de faire le moindre bruit, sachant que M. d'Escas est dans son lit, malade.

— Oh! ne soyez pas inquiet, répliqua Léontine d'un ton piqué, mais où l'œil exercé du vicomte démêla plus de jalousie que de ressentiment, M. d'Escas va beaucoup mieux, et vous arrivez bien à propos, car tout à l'heure encore il me parlait de vous et manifestait le plus grand désir de vous voir.

— Mais il repose sans doute maintenant, reprit Louise, et M. Charles fera bien de remettre sa visite à tantôt. Ma chère Léontine, laisse au moins à monsieur le temps de respirer.

— Monsieur est libre d'agir comme il lui plaira, dit Léontine; seulement je dois le prévenir que M. d'Escas est éveillé, et qu'il sera surpris, sachant l'arrivée de M. le vicomte, de ne pas le voir immédiatement.

— Je vous suis, madame, répondit le vicomte à Léontine, qui ne voulait qu'un prétexte pour abréger l'entrevue des deux amans. Je serai peu de temps, mademoiselle, restez au piano, et je viendrai tout à l'heure chanter avec vous du Rossini ou du Meyerbeer... Y consentez-vous?

— Eh bien! je vous attends! dit Louise, avec un long regard d'amour qui pénétra jusqu'à l'âme du vicomte. Puis, elle voulut se remettre à chanter; mais elle ne voyait plus les notes, ses doigts distraits couraient machinalement sur le clavier et confondaient les touches. Enfin elle se laissa tomber dans une vague rêverie et sa tête gracieuse s'inclina mollement sur son épaule.

Quand Léontine introduisit le vicomte dans la chambre à coucher du malade, celui-ci, comme s'il pressentait l'arrivée de son ami, écarta brusquement les rideaux et se tourna du côté de la porte.

— Je ne me trompe pas, dit-il après un moment d'hésitation, oui, c'est bien lui! c'est le cher vicomte! Ah! si vous saviez, mon ami, avec quelle impatience je vous attendais! Voilà deux jours et deux nuits que je compte les minutes, toujours dans l'espoir que vous allez revenir... Approchez-vous tout près de moi! que je vous serre la main!

— Mon digne ami, reprit le vicomte attendri jusqu'aux larmes, vous avez bien souffert!

— Horriblement! répondit M. d'Escas, c'était l'enfer! Vous n'avez pas une idée, jeune homme, de tourmens pareils! et dire qu'on n'en meurt pas! Mais ce n'est plus rien, à présent! Je suis guéri! n'est-ce pas, Léontine? toi, qui m'as vu si mal!... et qui m'as si tendrement soigné! Va! jamais je n'oublierai cela... Je te demande pardon, ma Léontine, d'avoir été brusque à ton égard, dans cette cruelle maladie; mais, vois-tu, la douleur nous rend injustes, et tu ne peux t'imaginer quelle était la mienne alors!

— Je vous pardonne de bon cœur, mon ami, dit Léontine; tout ce que je vous demande en échange, c'est une prompte guérison.

— Je serais bien ingrat de ne pas guérir, mon ange, répartit le malade, quand tu me prodigues tant de soins. Vicomte, ne suis-je pas un homme bien heureux dans ma retraite campagnarde, auprès d'une femme qui s'est dévouée à faire mon bonheur? Elle est si généreuse qu'elle n'a pas vu mes rides, elle n'a pas compté les années que j'ai de plus qu'elle! Elle a seulement vu combien je l'aimais; alors elle m'a pardonné mon âge, elle a mis sa jeune main dans la mienne! C'est bien! Léonie, va, je t'en remercie; je suis reconnaissant! et le ciel est juste, il t'a récompensée! te voilà mère!... N'est-ce pas qu'une mère est bien heureuse, et qu'elle a des joies ineffables?

Léontine baissa la tête, et le vicomte pressa plus affectueusement la main de M. d'Escas, dont la figure, tout à l'heure si blême et si fatiguée, était radieuse et presque vermeille.

— Mais vous ne savez pas, continua-t-il, vous ne savez pas comme il est beau maintenant, mon Charles! Vous aurez de la peine à le reconnaître! il a grandi considérablement; il est fort comme un Turc. — Mariez-vous, mon ami, mariez-vous bien vite, et qu'avant un an Louise vous donne une jolie petite fille qui soit un jour la femme de mon Charles! Bon! c'est une affaire arrangée! Vous aimez Louise de toutes les forces de votre âme, mais, croyez-moi, vous l'aimerez cent fois plus encore lorsqu'elle sera mère! Ce n'est pas à comparer.

Le vicomte souriait amicalement au vieillard, mais il éprouvait une émotion pénible, et sa conscience lui faisait de graves reproches, car, au milieu des plus grands libertins, il n'avait jamais perdu cette délicatesse de sentimens, cette première sensibilité de jeune homme qui pleure intérieurement sur les blessures qu'il a faites, et qui donnerait beaucoup de sang pour les guérir.

— Vous avez le teint coloré comme une jeune fille, dit-il à M. d'Escas, vous étiez si pâle quand je suis entré! vous n'êtes plus le même homme!

— C'est le contentement, cher vicomte, c'est de voir un bon ami! cela met du baume dans l'âme! Je n'ai que faire du monde quand vous êtes près de moi, vous et Louise, avec Léontine et mon enfant! et vous n'êtes pas ingrat, vicomte, je le sais, vous me portez le même attachement..... Je puis compter sur vous comme sur un frère... Les hommes sont bien méchans ; beaucoup d'entre eux, que j'appelais mes amis, m'ont trahi plus ou moins lâchement... Aussi, je suis devenu défiant ! je crains les hommes, tous peut-être, excepté vous, car vous êtes généreux, loyal... Vous ne m'auriez pas trahi, vous !... oh ! vous ne savez pas ce que c'est que trahir ! vous êtes mon ami... Embrassons-nous !...

Et tous deux, ils tombèrent dans les bras l'un de l'autre, avec larmes.

— Oui, je suis votre ami, répétait le vicomte, et je tâcherai de mériter ce titre.

— Embrassez ma femme, s'écria M. d'Escas dans une ivresse indicible, embrassez-la, vicomte !

Ce dernier ne fit qu'effleurer de ses lèvres la joue de Léontine, qui lui rendit un baiser brûlant.

— Bien ! mes enfans, dit le malade, aimez-vous toujours comme cela ! Vraiment ! je me sens tout dispos ; j'ai de l'appétit ! Dites, si je me levais pour dîner avec vous ?...

— Quelle idée ! répondit Léontine, c'est bon signe ; mais il faut avoir de la patience. A peine êtes-vous convalescent, que vous parlez déjà de vous lever ; nous allons vous laisser, la conversation vous fatigue. Tâchez de reposer une heure ou deux, et ce soir vous pourrez prendre un léger bouillon de poulet qui vous fera dormir tout d'un somme jusqu'à demain matin.

— Je ne dors que trop, dit M. d'Escas, ne vous en allez pas encore ; le sommeil me gagnerait, et je fais de tristes rêves. Croiriez-vous, mon bon vicomte, que je rêvais une chose affreuse ? J'avais perdu mon enfant... je ne sais plus de quelle manière... mais je souffrais, je n'aurais pas cru qu'on pût souffrir ainsi ! J'aurais mieux aimé mille fois qu'on me versât du plomb fondu dans les veines, qu'on m'arrachât les entrailles avec un fer rouge, qu'on répandît mon sang goutte à goutte. C'est une épouvantable nuit que j'ai passée là !

Un domestique vint annoncer le dîner. Alors, prenant congé du malade, le vicomte offrit son bras à Léontine, et passa avec elle dans la salle à manger.

M. d'Escas ne tarda point à s'assoupir.

— Pauvre ami, murmurait-il à moitié rêvant, j'étais injuste !...

A huit heures du soir, lorsqu'il s'éveilla, Léontine était près du lit ; elle soufflait sur une tasse de bouillon pour l'attiédir, puis, après l'avoir goûté, elle en versa la moitié dans la soucoupe, et la présenta à son mari, qui but ensuite le reste de la tasse avec délices.

— Merci, mon amour, dit M. d'Escas en lui baisant le front, passe une bonne nuit. J'espère que notre petit Charles sera moins gourmand que la nuit dernière, et qu'il te laissera dormir.

— Adieu, mon ami, répondit Léontine en rajustant les couvertures du lit et fermant les deux rideaux, je vous trouve le pouls très bon, ce soir ; décidément, vous ne voulez plus que votre domestique couche dans votre chambre ?

— Non, ma Léontine, non, cela me gêne. Au reste, ce n'est pas nécessaire, à présent que je suis beaucoup mieux. Dors tranquille, mon ange, je n'aurai besoin de rien.

Léontine se retira sur la pointe du pied, et bientôt M. Descas, fatigué d'émotions, tomba dans une rêveuse somnolence, et, comme un enfant dans les bras de sa mère, s'endormit bercé d'illusions.

VII

Certitude.

Tous les gens de la maison étaient couchés; minuit sonnait. Le vicomte Armand, après avoir écrit plusieurs lettres, se déshabillait pour se mettre au lit. Il fredonnait gaîment quelques phrases de musique italienne, et sa physionomie respirait le bonheur, car il pensait à Louise, il songeait qu'elle aurait bientôt dix-sept ans, puis il regardait sa couche vide et solitaire d'un œil mélancolique.

Sa chambre était contiguë à celle de M. d'Escas, et donnait sur un même corridor. Elle était fort bien meublée, garnie de tableaux, de gravures et d'une bibliothèque où M. d'Escas avait réuni les meilleurs ouvrages de la littérature française et étrangère. Le vicomte Armand feuilleta plusieurs livres, et prit un volume de lord Byron pour y jeter les yeux avant de s'endormir. Depuis une heure environ, il était couché; appuyé sur le coude, il lisait chaleureusement ces beaux vers de *Childe-Harold*, où lord Byron semble avoir mis toute son âme et toute sa poésie. Il venait de finir le troisième chant et se disposait à fermer le volume, lorsqu'il entend marcher avec précaution ; il prête l'oreille ; les pas continuent, ils approchent: quelqu'un s'arrête à la porte et tourne la clé dans la serrure.

— Qui est là? crie le vicomte un peu surpris d'une visite à pareille heure.

— Parlez bas; c'est moi, répond une voix douce.

Le vicomte se relève à moitié, et voit une femme enveloppée dans une pelisse noire, qui referme légèrement la porte après avoir mis la clé en dedans.

— Quoi ! c'est vous, madame, et par quel hasard?

Il avait reconnu Léontine, et comme elle baissait la tête et ne donnait aucune explication, le vicomte eut peur que M. d'Escas ne fût au plus mal.

— Votre mari, reprit-il, est donc plus souffrant ? Dites, Léontine, faut-il que je me lève tout de suite?

— Non, Charles, dit-elle en tremblant, il dort, prenons garde de le réveiller.

— Mais songez-vous, madame, répliqua le vicomte en lui montrant la pendule, songez-vous à l'heure qu'il est ?

— Oui, Charles, je sais l'heure comme vous, mais il faut absolument que je vous parle, et puisque vous m'évitez le jour, il faut bien que je vienne la nuit.

— Madame, vous n'avez pas réfléchi... Je vous en conjure, ne restez pas une minute de plus dans cette chambre. Quelqu'un peut vous entendre, et si jamais votre mari...

— Soyez tranquille, interrompit la jeune femme, il n'en saura jamais rien. D'ailleurs, je vous dis qu'il dort, et profondément; j'ai mis dans sa boisson plus d'opium qu'à l'ordinaire. Cela ne peut lui faire aucun mal, et je n'ai pas au moins la crainte d'être surprise.

— Léontine, vous êtes une imprudente; encore une fois, rentrez chez vous, et ne faites pas de bruit... C'est par trop vous compromettre.

— Ah ! reprit Léontine avec un sourire dédaigneux, vous craignez de me compromettre à présent ! Merci ! vous avez plus soin de ma réputation que moi-même ; c'est bien ! Vous n'avez pourtant pas toujours eu les mêmes scrupules ! Je vous ai vu moins timide ou moins délicat... Faut-il vous rappeler le jour ?... Alors vous aviez moins peur de me compromettre... Vous pensiez à tout autre chose qu'à ma réputation; alors vous

étiez à mes pieds, Charles, vous juriez de n'aimer que moi... Et, pauvre folle, j'écoutais vos menteuses protestations d'amour, et j'eus la faiblesse d'y croire.

— Ne pleurez pas, ma chère Léontine, et surtout parlez moins haut. C'est vrai, tous deux nous eûmes des torts qu'il faut réparer. Par bonheur M. d'Escas n'a jamais eu le plus léger soupçon, et jamais il n'en aura si vous avez de la prudence. Personne au monde ne peut maintenant nous trahir; Marguerite seule l'aurait pu, et je tremblais toujours que cette vieille femme ne révélât notre secret; mais elle n'existe plus. Nous sommes débarrassés d'une confidente qui, d'un moment à l'autre, pouvait nous perdre; croyez-moi, Léontine, soyons amis désintéressés comme avant ce malheureux jour dont vous auriez dû ne point me rappeler le souvenir.

— Charles! Charles, vous êtes un ingrat, dit Léontine; parce que vous avez oublié toutes vos promesses, tous vos sermens, est-ce une raison pour que je les oublie, moi? Vous ne m'aimez plus, mais je vous aime toujours! Dites, pourquoi ne m'aimez-vous plus, Charles? Qu'ai-je donc fait pour vous déplaire? Je suis donc bien laide à présent,... et ma cousine est donc bien jolie? Vous savez, l'an dernier, à cette époque, vous ne pouviez souffrir les brunes, vous n'aimiez que les blondes,... et vous passiez vos doigts dans mes cheveux;... vous trouviez ma peau blanche et mes yeux charmans, parce qu'ils étaient bleus... Ils sont toujours bleus, Charles, continua-t-elle avec une expression pleine d'amour et de coquetterie; voyez plutôt, ma peau n'est pas moins blanche, elle n'a pas bruni! C'est Louise qui est brune; elle a tout ce que vous n'aimez pas, des yeux noirs, des cheveux noirs, le teint d'une Africaine... Je ne sais vraiment pas ce qui vous charme en elle! Elle ne manque pas d'esprit, j'en conviens; mais cela ne suffit point... Elle chante juste un morceau d'opéra comme toutes les jeunes personnes qui n'ont rien de mieux à faire... Est-ce donc cela qui vous plaît tant? Moi, je peux apprendre à chanter comme elle...

Léontine ôta sa pelisse et vint s'asseoir en déshabillé, les épaules nues, sur le bord du lit, en pressant avec tendresse la main du vicomte.

— De grâce, Léontine, retournez dans votre appartement, nous reparlerons de tout cela, mais demain, en plein jour... Songez que je suis dans la maison de M. d'Escas, à titre d'ami, et que je ne peux, sans la plus noire ingratitude, autoriser une pareille démarche et prolonger d'une minute encore un entretien qui serait, à coup sûr, mal interprété, si l'on nous entendait.

— Et quand vous avez pénétré dans ma chambre à coucher, c'était la nuit, Charles; on pouvait aussi nous entendre. M. d'Escas n'était pas malade comme à présent, il pouvait se lever au moindre bruit, trouver ma porte fermée au verrou, m'ordonner d'ouvrir... Alors qu'aurais-je fait? J'étais une femme perdue, déshonorée;... il m'aurait tuée... J'avais toutes ces craintes. Eh bien! j'ai voulu m'exposer à tout cela pour vous! Je ne t'ai rien refusé, Charles, et voilà comme je suis récompensée...

Elle se mit à fondre en larmes, et tourna sur le vicomte un regard plein de langueur, et prenant sa pelisse, elle fit un mouvement comme pour se lever.

— Allons! soyez raisonnable, ma bonne Léontine, dit le vicomte, persuadé qu'elle se levait pour s'en aller; vous n'avez pas au monde un ami plus dévoué que moi; vous me serez toujours chère; mais promettez-moi d'oublier notre ancienne liaison. Vous avez pour mari le meilleur des hommes; il vous adore; continuez à le rendre heureux; il faut aimer son mari, Léontine, c'est le moyen de n'avoir jamais de remords.

Mais Léontine pleurait toujours et ne bougeait pas de sa place; et le vicomte, espérant la voir bientôt partir, s'épuisait en leçons de morale qui paraissaient peu la convaincre.

— L'amitié, Léontine, est un sentiment plus épuré que l'amour; elle est plus solide, et n'est pas sujette, comme l'autre, à des changemens: elle vient du cœur, elle raisonne : aussi l'amitié c'est pour la vie. Regardez-moi désormais comme un frère aîné, dont l'expérience et les conseils vous soutiendront. C'est vrai, j'en conviens, Léontine, j'eus de l'amour pour vous; je devais étouffer cette passion naissante, car elle était coupable... Avec un peu de réflexion, j'aurais pu réprimer l'ardeur de mon sang... J'ai cédé! Je vous ai fait commettre une faute que je déplore! J'ai trompé mon vieil ami, et je m'en suis repenti, quand il n'était plus temps. C'est mal à moi et j'ai des remords... Car maintenant je sens combien c'est chose infâme que l'adultère! Je ne puis voir ce bon M. d'Escas sans me faire de sanglans reproches, sans vouloir me jeter à ses pieds pour lui demander pardon.

Et tout ce que disait le vicomte, il le pensait alors; depuis qu'il était question pour lui de mariage, sa manière de voir avait absolument changé en matière de fidélité conjugale : il ne plaisantait plus sur ce chapitre: il avait horreur des femmes qui trompent leurs maris. Il méprisait profondément tous ces jeunes libertins qui se font un jeu de l'honneur des pères, qui mêlent effrontément un sang étranger dans celui des familles, et qui n'ont pas de plus grande joie que de séduire les femmes mariées. Que de fois pourtant, fier de son extérieur et de l'espèce de fascination qu'il exerçait, que de fois n'avait-il pas triomphé de la vertu des épouses, et désuni les meilleurs ménages! Mais jusque alors ce n'était pas chose sérieuse pour lui que le mariage, il n'y voyait qu'un établissement plus ou moins avantageux, et ne comprenait point qu'un mari pût être jaloux de sa femme. Il s'imaginait que la plus belle créature, du moment que vous l'épousiez, cessait d'être belle à vos yeux, deux ou trois jours après les noces; qu'elle n'était plus qu'un poids incommode, et qu'on avait mauvaise grâce de se fâcher lorsqu'un amant charitable vous en débarrassait. Aussi rendait-il souvent ce cruel service aux maris; rien ne l'arrêtait, ni la bonne harmonie d'un ménage, ni la froideur des femmes et leur réputation de vertu : il savait, par expérience, qu'il n'est point de barrière insurmontable. Il voulait du plaisir à tout prix, et lorsqu'un père de famille n'embrassait que la progéniture du vicomte, en croyant embrasser son propre enfant, le vicomte riait aux éclats et trouvait le tour fort spirituel; mais dès qu'une passion véritable eut développé dans ce jeune homme tout ce qu'il y avait de hauts sentimens et de générosité naturelle, il vit combien sa conduite, à l'égard de M. d'Escas, était répréhensible; il en éprouva des regrets amers.

Tandis que le vicomte Armand recevait la visite nocturne d'une femme qu'il n'aimait plus et qui s'efforçait de le reconquérir par toutes les séductions de la beauté jointe à la coquetterie, le vieux mari dormait d'un sommeil agité, et faisait les rêves les plus bizarres. Certes, on l'aurait soulagé d'un grand poids, de l'éveiller avant le dénouement d'un certain rêve qui n'était pas des plus rians sans doute, car le dormeur se retournait dans son lit avec d'étranges contorsions; il avait de la peine à respirer, et des mots inarticulés sortaient par moment de sa bouche.

Un jour, par un beau soleil de juin, il se promenait dans la grande allée des Tuileries avec son fils qui venait d'avoir cinq ans. Le vieillard donnait le bras à sa femme, et devisait avec elle de mille projets attrayans qu'il bâtissait en idée. Derrière eux l'enfant jouait avec un cerceau qui bondissait joyeusement comme lui; il poussait des cris de plaisir, et tous les promeneurs s'arrêtaient pour caresser sa jolie tête blonde.

— Comme il est gentil! disaient les belles dames en lui donnant des bonbons et des gâteaux, on le prendrait pour un ange!

Et tous les autres enfans de son âge accouraient pour le voir et lui présenter leurs joujoux, mais aucun d'eux n'était frais et vermeil comme lui, et n'avait ses grands yeux noirs pleins de feu, sa longue chevelure dorée qui lui flottait sur les épaules au moindre souffle. On admirait la finesse de ses propos, son léger babil déjà pétillant d'esprit, et la figure du père rayonnait de fierté; les douces louanges qu'on prodiguait à son enfant allaient délicieusement chatouiller son âme paternelle, et, comme Dieu le septième jour, il s'applaudissait.

Un changement survint dans son rêve. Tous les objets se brouillent un instant, comme l'eau d'une fontaine, quand on y jette une pierre.

Alors, des rires éclatent par tout le jardin; le vieillard n'en peut comprendre la cause; il regarde autour de lui, les rires augmentent. Chacun le montre au doigt, une infernale ironie fait grimacer tous les visages, un ricanement diabolique s'échappe de toutes les bouches. Il s'effraie de voir tous ces doigts qui le désignent comme point de mire aux moqueries; puis, un peu revenu de son trouble, il se fâche, il menace; mais voilà des milliers de doigts qui s'allongent et voltigent devant ses yeux, comme un essaim de guêpes: des ricanemens plus sardoniques lui grincent aux oreilles. Alors il veut prendre à la gorge un gros homme rouge qui se tient les côtes en riant de toutes ses forces, lorsqu'il entend la voix enfantine de son petit Charles qui l'appelle : — Papa ! papa ! Il se retourne et voit son fils qui saute au cou d'un grand jeune homme à favoris noirs, en criant toujours : — Papa !... Le vieillard reconnaît vaguement les traits du personnage qui serre avec tendresse l'enfant dans ses bras.

Il veut crier : — Rends-moi mon fils !... mais sa langue est clouée à son palais, il est comme pétrifié, et ne peut faire un pas; soudain l'étranger disparaît avec l'enfant en poussant un éclat de rire épouvantable...

M. d'Escas venait de s'éveiller en sursaut. Il est tout haletant et promène des yeux hagards dans son alcôve; une sueur brûlante inonde ses membres, et coule à grosses gouttes de son front. Il ouvre ses rideaux pour respirer; un reste de tison flambait encore dans la cheminée et projetait sur la muraille une silhouette bizarre et tremblottante qui s'allongeait comme un doigt moqueur. Le malade considère avec effroi cette ombre fantastique, il n'est pas sûr encore d'être éveillé, il croit toujours entendre des rires à son oreille; il continue le rêve et ne songe qu'à poursuivre ce voleur qui lui prend son enfant. Il se lève sur un bras et s'appuie l'autre main contre la poitrine, comme pour ralentir les battemens désordonnés de son cœur; enfin, le sentiment de la réalité lui revient par degré : il entend sonner la pendule, et comprend que cet horrible drame, auquel il vient d'assister, n'est rien qu'un songe, un cauchemar, et que le nouveau-né dort bien tranquillement dans son berceau. Pour s'en assurer, il prête encore attentivement l'oreille, et croit distinguer des sanglots dans une chambre voisine, une espèce de chuchottement, comme deux personnes qui se parlent vivement à voix basse. — Que signifie cela? pensa-t-il; ah ! c'est probablement le petit Charles qui s'est réveillé ; et sa mère fredonne pour le rendormir.... Mais non.... ce bruit ne vient pas de la chambre à coucher de Léontine !... D'ailleurs, ce n'est pas une voix d'enfant... c'est bien celle de Léontine, mais l'autre...

Alors il colle son oreille à la cloison qui sépare son alcôve de l'appartement du vicomte.

— C'est là qu'on parle ! c'est bien là !

Il saute à bas du lit, et pieds nus, en chemise, il va soudain ouvrir sa porte, marche à tâtons dans le corridor, et se dirige vers la chambre du vicomte. Il aperçoit de la lumière par les fentes de la porte ; il entend plus distinctement des sanglots, des craquemens de lit, il reconnaît la voix du vicomte.

— Trahison, murmura-t-il ! c'est donc vrai !

Il s'approche, courbé en deux, et, les mains appuyées à ses cuisses maigres et tremblantes, il applique son œil au trou de la serrure, et recule tout baigné d'une sueur froide. Si la douleur pouvait tuer, il serait tombé sans vie sur le carreau, car il a vu sa femme, sa Léontine, la mère de son enfant dans les bras d'un homme.

Il doute encore, et retenant son haleine, il regarde une seconde fois par la serrure. Oui! c'est bien Léontine; elle est penchée sur le vicomte, et se lamente; sa pelisse est par terre, à ses pieds.

— Allons ma chère Léontine, disait le vicomte, il est temps de nous séparer. Votre mari peut vous appeler d'un moment à l'autre.

— Eh bien, mon Charles, reprenait Léontine d'une voix pleine de larmes, faites ce que je vous demande, je vous en supplie! Différez encore ce mariage qui me tue... Ne vous hâtez pas d'épouser Louise.

— Vous savez bien, ma pauvre amie, que nous ne pouvons pas être l'un à l'autre; vous êtes mariée, vous êtes mère... Vous sentez qu'il m'en coûte pour renoncer à vous; mais il le faut, la raison m'en fait une loi! Allons, un peu de courage! vous avez pour mari le plus digne des hommes, il vous porte la tendresse d'un père!...

— Oui! Charles; mais un père, ce n'est pas tout pour une femme de mon âge! A nous, jeunes femmes, il nous faut un cœur jeune et ardent qui batte contre le nôtre... Et M. d'Escas est vieux,... très vieux, continua-t-elle en baissant le ton; il est d'une mauvaise santé, et j'ai peur qu'il ne se rétablisse jamais entièrement de la rude atteinte qu'il vient d'éprouver. Tu comprends, Charles, il ne faut qu'une rechute; à tout moment, il peut m'être enlevé;... et si je venais à le perdre,... alors.... une fois veuve!... Charles,... Charles! songe à notre enfant!

Puis elle entoura le jeune homme avec ses deux bras, en répétant : — Charles, songe à notre enfant!

— Léontine, dit le vicomte, que ton mari ne soit jamais détrompé, il y va de son bonheur et du tien! qu'il vive toujours dans cette douce persuasion qu'il est père; tâche de te le persuader à toi-même!

Ils ne tournèrent pas leurs regards vers la porte du corridor; ils auraient pu voir flamboyer quelque chose à travers le trou de la serrure, car le vieillard n'en détachait pas son œil. Il était là toujours nu-pieds sur le carreau; il grelottait, ses dents claquaient de rage et de froid: ses jambes grêles et décharnées ne pouvaient plus le soutenir qu'à peine. Oh! s'il avait eu des armes! Il eut d'abord la pensée d'en aller prendre pour immoler d'un coup les deux infâmes; mais il ne put se résoudre à s'éloigner d'un pas; et, bien qu'après son malheur, il n'eût plus rien désormais à redouter, il voulut voir jusqu'au bout l'exécrable scène qui se jouait devant lui.

Cependant le vicomte se jeta sur les épaules un long manteau, et sortit de son lit; puis, après avoir ouvert doucement la porte par laquelle était venue Léontine, il promena sa vue de tous côtés, et la jeune femme se retira; non sans renouveler ses larmes et ses embrassemens.

Alors M. d'Escas, trop désespéré pour songer à la vengeance, les joues bleues de froid, les membres raidis et gelés, retourna dans sa chambre, et tomba comme anéanti sur le parquet.

VIII

Une Idée.

M. d'Escas passa la nuit la plus effroyable qu'on puisse imaginer; il eut beau se remettre au lit, il ne put jamais dissiper ce cruel frisson qui lui figeait le sang dans les veines, et pénétrait jusqu'à la moelle des os. Le matin, quand Léontine vint pour le voir, il grelottait encore; il ne put d'abord articuler aucune parole. S'il en avait eu la force, il serait sorti de son lit pour saisir une arme, et laver son déshonneur avec du sang; il aurait commencé par la mère, et peut-être aurait-il fini par l'enfant. Ce fut là sa première pensée; il essaya même de se lever, et, dans sa faiblesse, il retomba. La grande colère qui s'amassait en lui depuis si longues heures, et qui le dévorait comme l'enfer, fut bien près d'éclater; mais il ne trouva point de mots pour l'exprimer; il sentit qu'après une injure pareille, il fallait des actions, non des paroles. Il comprit que l'instant n'était pas arrivé d'accomplir sa vengeance, et que la brusquer, c'était la compromettre; qu'il valait mieux attendre, afin d'y réfléchir long-temps, de la combiner, et de la rendre égale au moins à l'offense.

C'est pourquoi il refoula toute sa fureur intérieurement, quand sa femme lui demanda comment il avait passé la nuit.

— Bien, très bien! dit-il; seulement je n'ai pas dormi.

Léontine devint pâle?

— Quoi! vous n'avez pas dormi, reprit-elle; vous étiez donc mal à votre aise?

— Non, au contraire, répondit M. d'Escas.

— Comme vous avez la main froide! dit-elle; il fallait m'appeler, mon ami, j'aurais passé la bassinoire dans votre lit, je vous aurais fait boire chaud pour exciter la transpiration. Voyez un peu, vous n'êtes pas raisonnable, malade comme vous êtes, de ne pas vouloir de garde auprès de vous, la nuit. Avouez-le, n'est-ce pas que vous avez été souffrant? Une autre fois, mon ami, promettez-moi que vous m'appellerez.

— M'auriez-vous répondu cette nuit, madame, si je vous avais appelée? dit le vieillard en considérant Léontine avec une étrange expression de physionomie.

Léontine, atterée de cette question, de ce regard qui semblait cloué sur elle, fut saisie d'un tremblement soudain, et se crut perdue. Son assurance habituelle l'abandonna tout à fait; elle sentit ses genoux ployer, et pour ne pas tomber, elle s'appuya d'une main sur le bord du lit. Elle craignait naturellement son mari; mais jusqu'alors elle n'avait jamais eu tant d'épouvante, pas même quand le vieillard, dans ses emportemens jaloux, l'avait menacée du poing.

La malheureuse femme allait tout confesser et se jeter aux pieds de son juge pour le fléchir; mais celui-ci, qui ne trouvait pas sa vengeance encore assez mûre, s'empressa de lui faire une autre question qui détruisit l'effet de la première.

— Non, Léontine, dit-il, j'aurais été cruel de vous troubler dans votre sommeil; vous en avez besoin plus que moi, peut-être, car vous nourrissez. Tranquillisez-vous sur mon compte; loin d'être plus malade, je me sens beaucoup mieux. Ma couverture s'est dérangée la nuit, j'étais en moiteur, et voilà ce qui m'a donné le frisson : ce n'est rien.

Léontine fut soulagée d'un poids énorme, et sa pâleur se dissipa. Elle se promit bien d'être moins peureuse à l'avenir, et de ne plus s'alarmer d'une phrase.

— Mon ami, répondit-elle, en plaçant deux coussins de bergère sur les pieds du malade, il faut vous tenir bien chaudement toute la journée, et tâcher de dormir. Personne n'entrera chez vous, excepté le médecin.

— Je suis fatigué du lit, répliqua M. d'Escas, je compte me lever une heure ou deux aujourd'hui pour aller respirer le soleil; cela me fera du bien.

— Ah! dit Léontine, j'entends la voix de Louise et de sa mère, et puis, je crois... celle du vicomte. Ils viennent s'informer de votre santé.

— Qu'ils n'entrent pas, cria M. d'Escas; mais à l'instant même, le vicomte Armand parut, tenant le petit Charles dans ses bras.

— Charlot, viens baiser papa, dit Louise avec sa voix douce et caressante.

— M. d'Escas désire être seul, dit Léontine, il n'a pas très bien dormi; il a grand besoin de repos.

— Oh! répliqua le vicomte, en montrant le nouveau-né d'un air triomphateur, on est toujours sûr d'entrer chez un père avec un tel passeport.

— Mais voyez donc, mon cousin, reprit Louise, voyez donc cet ange, est-on plus gentil, plus mignon? C'est qu'il est d'une sagesse! il ne crie jamais. Ce n'est pas de sa faute, si vous n'avez pas bien dormi; il est vraiment raisonnable comme une grande personne. Quel plaisir d'avoir un enfant pareil!

Le malade resta d'abord immobile et les yeux fixes, comme s'il cherchait à reconnaître les personnes qui lui parlaient, et ne répondit que par monosyllabes.

Le vicomte Armand n'en parut pas surpris, et craignant que la conversation ne fatiguât M. d'Escas, il lui conseilla de parler moins encore, s'il était possible; puis, comme ferait une mère, il coucha délicatement dans ses bras l'enfant au maillot et l'endormit dans un doux balancement, en fredonnant des airs de nourrice.

— Cet enfant serait le sien, dit Louise à M. d'Escas, qu'il ne l'aimerait pas davantage! C'est de la passion.

En effet, dans les soins du vicomte pour cette faible créature, il y avait quelque chose de si tendre, de si paternel, que M. d'Escas, pour ne pas éclater, cacha sa tête sous la couverture et mordit ses draps avec rage.

— Comme vous aimez les enfans! vicomte, reprit Louise en rougissant, vous feriez une excellente nourrice, vous savez tous les secrets du métier; vraiment, vous êtes admirable!

— Je fais mon apprentissage, mademoiselle, répondit le vicomte. A vrai dire, c'est mon bonheur de tenir un enfant dans mes bras; je me figure par moment qu'il est à moi, et cela me donne un avant-goût délicieux de la paternité.

Louise tourna sur le vicomte un œil humide et languissant qui fit mal au vieillard.

— Ne trouves-tu pas, maman, dit-elle pour cacher sa préoccupation, que le petit Charles ressemble déjà beaucoup à son père?

— Il y a, ma foi, quelque chose! répondit madame Delisle.

— Vous trouvez? dit le malade avec un gémissement concentré; puis il se renfonça la tête dans son lit, et ne se mêla plus à la conversation.

— Il paraît très accablé, dit le vicomte; ne restons pas davantage: il voudrait dormir.

— Allons-nous-en, reprit Léontine à demi-voix, sa nuit n'a pas été bonne; il n'ose pas nous dire qu'il a besoin de sommeil, mais je le vois à ses traits fatigués.

Ils se levèrent et sortirent; le bruit de la clé dans la serrure ne tira point M. d'Escas de la somnolence dans laquelle il paraissait plongé depuis un moment.

Mais il ne dormait pas; il avait besoin de vengeance et non de sommeil. Les idées les plus folles, les plus furibondes, se croisaient dans son imagination, comme un flux et reflux continuel. Il tenait sa couverture à deux mains, par dessus sa tête, et trouvait à peine assez d'air pour respirer.

— Il faut pourtant que je me venge, se disait-il intérieurement, mais encore faut-il combiner ma vengeance. Jamais homme ne fut plus offensé que moi! L'indigne! il a profité de sa jeunesse et de mon âge, pour me voler ma femme... Mais c'est une misérable de ne m'avoir pas dit que cet enfant... Elle mérite que je l'écrase sous mes pieds! Oh! les femmes, les femmes! elles aiment donc bien la débauche... elles ont donc le sang bien vicié, pour qu'il leur faille absolument l'adultère! Elles n'ont dans l'âme aucun bon sentiment, aucune générosité, rien... rien que du libertinage! Décidément... c'est une race maudite!... Pour qu'elles vous crachent à la figure, il suffit qu'on ait des cheveux blancs!

Puis il mouillait son drap de pleurs amers et sanglotait douloureusement.

— Si je pouvais encore douter, pensait-il; mais c'est impossible! mes yeux, mes oreilles ne m'ont pas trompé... elle était presque dans ses bras! elle lui disait d'attendre, que j'étais vieux, malade, et qu'elle serait libre d'un moment à l'autre... et puis, ils disaient : Notre enfant! comme une chose toute naturelle! — Mais cet homme est bien infâme! bien lâche! de m'avoir poignardé pour le plaisir de poignarder, car il n'aime pas cette malheureuse, il ne l'a jamais aimée!... Au moins s'il l'aimait, cela pourrait se comprendre... mais, non, c'était seulement pour faire du mal! pour jeter une victime de plus aux railleries, aux quolibets du monde... Je parie qu'il est allé se vanter partout de sa belle victoire, et qu'il n'est pas un freluquet de salons qui l'ignore à présent. Oh! je crois entendre leurs rires et leurs grossières plaisanteries; ils ne trouvent pas l'histoire encore assez plaisante telle qu'elle est, ils la brodent de calomnies et font de l'esprit sur mon honneur! Je ne pourrai donc plus marcher dans la rue sans qu'on me montre au doigt, sans provoquer les huées! Quoi! traîner le ridicule après soi, toujours, partout! c'est une chose affreuse, insupportable! Mais du moins il coulera du sang à flots, et j'empêcherai bien le beau vicomte de rire de moi long-temps! Malheureusement je n'ai pas à choisir entre deux vengeances; je n'en vois qu'une... le duel! Oui, mais le duel à mort... le duel qui veut absolument un cadavre! L'un de nous deux sera demain dans la bière, et c'est lui, j'en ai la conviction! car Dieu est juste!... mais il faut que cela soit fait tout à l'heure! ne perdons pas un moment.

Alors, il rejette loin de lui sa couverture, il s'élance à terre et s'habille à la hâte; il déchire ses vêtemens, rien qu'à les prendre, tant ses gestes sont furieux, saccadés.

— Quelle jouissance, murmurait-il, de pouvoir le tuer aussi long-temps que je voudrai, d'avoir sa vie en toute propriété, de sentir les battemens de son cœur, de lui montrer mon pistolet bourré jusqu'à la gueule, et de choisir la meilleure place pour ma balle!

Il ouvrit le tiroir d'un secrétaire où se trouvaient plusieurs paires de pistolets de différens calibres; il prit la plus grosse, l'approcha de ses yeux pour mieux l'examiner, en fit jouer la batterie, et sourit affreusement.

Puis, il agita la sonnette avec tant de violence, que le domestique effrayé crut que son maître se trouvait mal, et parut presque aussitôt.

Il fut surpris de voir M. d'Escas tout habillé, le chapeau sur la tête, comme prêt à sortir.

— Priez le vicomte Armand de passer chez moi tout de suite, dit brusquement M. d'Escas.

Et comme le domestique, étonné de l'agitation de son maître, ne bougeait pas, celui-ci le poussa rudement du côté de la porte.

— Morbleu! François, cria-t-il, veux-tu bien te presser?

François, qui, par expérience, connaissait toute la vivacité du vieillard, n'attendit pas un ordre plus impérieux, et courut chercher le vicomte.

Pendant ce temps-là, M. d'Escas écrivit cinq ou six lignes sur un carré de papier qu'il plia et mit dans son portefeuille.

Il tira d'une cassette le portrait en miniature de sa femme, et le considérait avec un sourire plein d'amertume, quand le vicomte Armand se présenta.

— Vous levé! dit le vicomte.

— Oui. J'ai deux mots à vous dire, vicomte!

Puis, comme celui-ci ne répondait pas, et baissait les yeux d'un air atterré.

— Il n'ose me regarder en face, pensa le vieillard; il voudrait être à cent pieds sous terre! On dirait que vous avez peur, jeune homme, car vous êtes bien pâle, et vous tremblez de tous vos membres?

— Il y a bien de quoi trembler, dit le vicomte en dépliant une lettre cachetée de noir; si vous saviez ce que je viens d'apprendre! c'est une chose effroyable! Le meilleur ami que j'eusse au monde, après vous, M. Devaux n'existe plus!

— Est-il vrai? s'écria le vieillard, lui que j'ai vu, le mois dernier, si bien portant!

— Il est mort, répondit le vicomte; à l'instant même j'en reçois la nouvelle.

— Un homme qui n'avait pas quarante ans! si robuste!... Emporté de la sorte, vicomte! mais comment? Quelle maladie?

— Tué en duel! mon cher monsieur d'Escas! Cette déplorable aventure a jeté la consternation dans tout Paris. Tenez, lisez plutôt cette lettre de mon frère.

A peine M. d'Escas eut-il parcouru les premières lignes que sa figure changea horriblement, et qu'il serait tombé si le vicomte ne l'eût pas retenu.

Voici comment cette lettre était conçue :

« Mon cher ami, arme-toi de courage, car je vais t'annoncer une bien mauvaise nouvelle; M. Devaux, ce bon, ce digne père de famille, et comme tu sais, l'être le plus inoffensif de la terre, vient d'avoir un duel, à propos de sa femme, avec un jeune officier de cavalerie qui l'a tué raide du premier coup de pistolet. Je fus obligé de servir de témoin à M. Devaux; tu penses bien que je fis d'abord tout mon possible pour empêcher cette rencontre, mais inutilement. L'offense était par trop grave; notre pauvre ami, malgré son caractère toujours si conciliant, si pacifique, a persisté dans sa funeste résolution, d'ailleurs bien légitime. Il a voulu se battre, et je l'ai vu tomber frappé d'une balle au cœur. Sa femme, entre nous soit dit, est une misérable, une espèce de Messaline, qui ne valait pas la mort d'un galant homme; voilà déjà long-temps qu'elle le trompait, tout le monde à Paris le savait; lui seul ne se doutait de rien encore, lorsqu'avant-hier soir, rentrant plus tôt qu'à l'ordinaire, il trouva la porte de sa chambre à coucher fermée en dedans; et, comme il cherchait partout la clé, il entendit remuer dans l'alcôve.

» Il eut alors quelques soupçons, et se mit à regarder par le trou de la serrure; je te laisse à penser, mon cher ami, ce qu'il put voir; mais il brisa la porte d'un coup de pied, et se précipita sur un homme presque nu qui ne songea pas même à s'enfuir et qui le persiffla. Ils se donnèrent rendez-vous au bois de Boulogne pour le lendemain matin; et ce malheureux Devaux, qui, je crois, n'avait tenu de sa vie un pistolet, fut tué par ce jeune fat qui le visa froidement, comme il eût visé une poupée, et retourna le soir même chez cette horrible femme qui, m'assure-t-on, pour jouir du veuvage, n'a pas attendu que son mari fût mis dans le cercueil! Tout Paris est indigné : c'est un véritable assassinat! — Et dire qu'il n'est point justiciable des lois!

» Ainsi donc un duelliste, parce qu'il est sûr de vous passer l'épée au travers du corps, ou de vous planter une balle dans le cœur à vingt-cinq pas, sera le maître de vous déshonorer pour ses menus plaisirs, pour se désennuyer, et de vous tuer après, si vous n'êtes pas content! Au moins, si l'honnête homme qu'on tue était vengé d'une manière ou d'une autre! Mais non, l'épouse adultère ne donne pas souvent même au cadavre le temps de se refroidir; le sang n'est pas encore figé, qu'elle est déjà dans les bras de l'assassin; elle est veuve, elle est libre, et tout ce qu'elle peut faire pour le défunt, c'est de porter le deuil, si toutefois le noir lui va bien! Horreur! — Tu sais, Charles, que je n'ai pas les mêmes idées que toi relativement au mariage; selon moi, c'est l'action la plus sérieuse de toute la vie, c'est le but, le complément de notre existence. Tu vas te marier, Charles; dans un an peut-être tu seras père de famille. Dieu te préserve d'une femme coquette et légère, car c'est une chose affreuse que de douter de sa femme et des enfans qu'elle vous donne. L'adultère n'est pas une faiblesse, mais un crime, un crime abominable et lâche, parce qu'il est presque sûr de l'impunité ; il n'a que le duel à craindre, et très souvent il en sort victorieux, car les mauvais sujets sont forts à l'escrime et bons tireurs de pistolet.

» Ainsi, comment faire pour se venger? Rien, absolument rien que le duel ou l'assassinat! Nos lois sont bien étrangement faites. »

— Oui! étrangement faites! murmura M. d'Escas en lançant des regards de haine sur le vicomte qui, les bras croisés et la tête penchée sur la poitrine, dévorait ses larmes et paraissait en proie à d'amères réflexions. Il venait de se faire dans l'âme du vieillard une révolution soudaine, produite par cette lettre, un bouleversement d'idées qui changea son plan de vengeance ; dès lors il ne songea plus au duel ; il n'eut plus qu'une pensée : l'assassinat ; mais cette horible et sanglante envie s'empara de tout son être avec de si furibondes étreintes, que ses doigts se crispèrent comme s'ils pressaient le manche d'un poignard ; et, pour ne pas céder à la tentation du meurtre, il s'élança comme un fou hors de la chambre et s'alla jeter contre un mur. Le vicomte fut effrayé de l'égarement de son ami ; il en attribua la cause à cette malheureuse lettre qu'il se repentait d'avoir communiquée à M. d'Escas ; puis il courut pour lui donner le bras et l'aider à marcher.

— Vous faites bien de sortir un peu, dit le vicomte en soutenant les pas chancelans du malade qui descendait le perron du jardin ; le temps est magnifique, il faut profiter de ce beau soleil d'automne avant qu'il nous dise adieu.

— Vous avez raison, jeune homme, répondit M. d'Escas, il faut profiter de ce dernier rayon de soleil ; on ne sait pas ce qui peut arriver. Il y a deux jours, votre ami ne songeait guère sans doute, en voyant le soleil, qu'il le voyait pour la dernière fois. Un homme plein de vie et de santé ne pouvait certainement pas s'imaginer, lorsqu'il rentra chez lui, avant-hier, qu'il serait cadavre le lendemain de si bonne heure, et qu'il passerait la nuit suivante dans le cercueil ; lit bien dur, il est vrai, mais où l'on dort mieux qu'au lit conjugal.

Le vicomte Armand connaissait toute la sensibilité de M. d'Escas, et cette exaltation de langage ne lui parut pas surprenante de la part d'un homme qui sentait si vivement. Il s'efforça de changer le cours de la conversation et de l'amener sur des sujets indifférens ; mais le vieillard, qui ne s'était pas dessaisi de la lettre, la rouvrait à chaque instant et répétait les dernières phrases avec un accent de fureur inexprimable :

— *Comment faire pour se venger? Rien, absolument rien que le duel ou l'assassinat!*

Mais le duel! qu'est-ce qu'on y gagne? C'est une vengeance d'imbécile... Il a raison, votre frère ; ce n'est pas le duel qu'il faut alors, mais une bonne lame de poignard qu'on enfonce à deux mains dans le cœur de l'homme qui vous a pollué!... Vous dites que celui qui poignarde est un lâche!... Et celui donc qui nous crache derrière le dos, celui qui rampe ténébreusement dans notre alcôve pour filouter l'honneur d'un mari!...

— Du calme! mon cher monsieur d'Escas, je pense comme vous là-dessus ; je vous jure que je méprise autant que personne les gens qui font métier de séduire les femmes mariées... Quant à ce misérable qui m'a privé d'un ami, il sentira, j'espère, la pointe de mon épée!

— C'est là votre grand mot, à vous autres qui, du matin au soir, maniez le fleuret et connaissez toutes les finesses du jeu ; vous pouvez être braves à bon marché... Le duel n'est pour vous qu'un exercice! Il coule de vos membres plus de sueur que de sang dans le combat! Mais nous, hommes d'âge, qui ne sommes pas ferrailleurs, qui ne savons pas tenir une épée, comment nous y prendre pour vous atteindre au cœur, pour vous tirer du sang?

L'écume lui sortait de la bouche, il secouait violemment le bras du vicomte, qui ne vit dans ce flux de paroles amères qu'un redoublement de fièvre, une irritation passagère et banale contre les duellistes, mais rien de personnel, rien qui lui fît supposer que M. d'Escas eût une arrière-pensée en parlant de la sorte, et songeât le moins du monde aux allusions. Il trouvait tout simple que M. d'Escas, père et mari lui-même, prît si chaleureusement le parti des gens mariés, et flétrît de toute son indignation ces libertins désœuvrés, qui se font un jeu du repos et de la vie des pères de famille. Mais le vicomte, bien qu'il fût très éloigné de croire que cette virulente apostrophe s'adressait à lui, avait trop de noblesse dans l'âme pour ne pas se faire intérieurement de graves reproches ; il ne pouvait se pardonner d'avoir trompé si cruellement un ami qui lui donnait tous les jours tant de preuves d'estime et de confiance. Il s'accusait de lâcheté, et chacune des paroles foudroyantes du vieillard venait tomber comme un tison ardent sur le cœur de ce jeune homme, qui serait mort de honte et de chagrin s'il avait pu se douter que son intrigue avec Léontine n'était plus un mystère pour M. d'Escas.

Leur conversation demeura quelque temps suspendue. L'un poursuivait toujours ses idées de vengeance ; il la voulait pleine, entière et proportionnée à l'outrage ; l'autre se promettait bien de réparer, autant que possible, ses grands torts envers M. d'Escas, à force d'égards et d'attachement, et de rompre tout commerce avec les mauvais sujets à la mode et les roués de la capitale, dès le premier jour de son mariage.

Il était midi ; le soleil, alors dans toute sa force, rougissait les feuilles d'automne et faisait briller le sable des allées qui serpentaient de mille manières à travers des pelouses élégamment dessinées et des plates-bandes encore riches de fleurs pour la saison. Les deux promeneurs marchaient silencieusement et parfois des feuilles sèches criaient sous leurs pas. Ils n'étaient pas loin de la maison, et le vieillard, qui paraissait très fatigué, s'appuyait sur le bras du vicomte, qui s'aperçut bientôt que son ami chancelait et ne pouvait plus se soutenir.

— Ménagez-vous, mon cher monsieur d'Escas, dit-il ; vous êtes encore trop faible pour marcher long-temps de suite. Il faut vous reposer un peu ; allons nous asseoir dans ce joli pavillon. Mais, à propos, vous aviez à me parler ?

— Je ne sais plus de quoi, répondit M. d'Escas ; mes idées sont tellement brouillées dans ma tête...

Il se laissa conduire presque machinalement dans un kiosque environné de chèvre-feuille, où le jardinier avait l'habitude de rentrer ses outils, pour les garantir de l'humidité et s'épargner la peine de les remporter dans la serre qui se trouvait au bout du jardin.

— Eh bien ! comment vous sentez-vous ? dit le vicomte, après qu'ils se furent assis l'un à côté de l'autre sur une espèce de sopha grossièrement fabriqué ; le coussin est un peu dur pour un malade, je l'avoue, mais qu'elle charmante vue ! Décidément ce pavillon est ce que je préfère de tout le jardin. Votre jolie cousine l'affectionne singulièrement ; elle y passe des heures entières à lire, à broder ; j'en ferai construire un tout pareil dans le parc que je me propose d'acheter aux environs de cette campagne aussitôt que je serai marié.

— Vous parlez encore de vous marier ! dit le vieillard avec un ricanement ; vous êtes donc bien sûr de vous-même et de la femme que vous allez prendre ? Vous êtes donc cuirassé d'avance contre l'épée ou la balle du premier scélérat qui voudra se vautrer dans votre lit ? Votre honneur est donc à l'épreuve de l'outrage ? Je ne vous comprends pas, vous qui savez, par expérience, combien de temps il faut au juste pour ébrécher la vertu d'une femme et déshonorer un mari : quand l'adultère est dans tous les ménages et devient si commun qu'on n'y fait plus attention, vous n'êtes pas épouvanté de penser au mariage ? Voilà certes beaucoup d'orgueil ou beaucoup d'imprudence !

— Non, mon digne ami, répondit le vicomte, je ne m'aveugle point sur mon mérite ; cependant, je crois, entre nous, que la plupart des maris trompés, le sont par leur faute. Ils pourront aimer leur femme, mais ils la négligent et ne font pour elle aucun frais d'amabilité, ou bien, au contraire, ils sont jaloux et la suivent toujours de l'œil, comme des espions ; l'un ne vaut pas mieux que l'autre. Du reste, je ne connais pas les femmes d'aujourd'hui seulement ; j'ai pu les apprécier, et je conviens qu'il en est fort peu qui méritent d'inspirer un amour solide et vrai ; mais Louise est pour moi camme un être à part. Il me semble qu'elle possède toutes les qualités naturelles aux femmes, et qu'elle n'en a pas les défauts. Dans l'univers entier, c'est elle que j'aurais choisie, et je sens que je n'avais pas encore aimé !

— Mariez-vous donc, jeune homme, vous aurez au moins un ami pour vous trahir !

Le vicomte ne put s'empêcher de baisser les yeux et de pâlir, mais il tressaillit soudainement de bonheur aux accens d'une voix fraîche et mélodieuse qui chantait l'air de *Ninetta*, et s'élevait en brillantes cadences, avec les sons du piano. Les fenêtres du salon étaient ouvertes et ce chant velouté arrivait plus délicieux, plus pur aux oreilles du vicomte qui, la bouche béante, retenait son haleine pour mieux ouïr cette musique ineffable comme celle qu'on entend dans les rêves. C'était Louise qui chantait.

Par ce beau soleil, elle avait quelque chose de céleste cette voix de jeune fille qui se mêlait aux bruissemens du feuillage que soulevait la brise ; aussi le vicomte, dont l'âme était pleine d'amour et de poésie, fut-il un instant comme sous l'empire d'un charme. Il se leva, sortit du pavillon sur la pointe du pied, et d'une voix grave et mélancolique, chanta la basse de *Fernando* avec une expression que l'art ne donne pas. Comme elles se fondaient bien ensemble ces deux voix si jeunes, si différentes, dont l'une s'épanouissait en gammes, en fusées d'harmonie, tandis que l'autre, plus mâle et non moins douce, faisait vibrer ces larges notes, ces cordes profondes qui viennent du cœur !

M. d'Escas lui-même en fut ému ; mais cette éclatante symphonie n'éveilla dans son âme que de la haine et de nouveaux sentimens de vengeance.

— Comme ils s'aiment ! pensa-t-il ; leur bonheur égale ma misère ! et je leur permettrais d'être heureux quand le reste de ma vieillesse ne sera plus que désespoir et larmes ? Oh ! non... je le verrai mort à mes pieds !...

Le vieillard s'empara d'une bêche ; mais, apercevant une faux nouvellement aiguisée et pendue au mur, il s'en arma de préférence, et se plaça derrière le vicomte, de manière à pouvoir lui trancher la tête d'un seul coup. Soudain la gracieuse figure de Louise parut à la croisée du salon, toute souriante, avec sa belle chevelure noire, ses grands yeux noirs pleins de flamme et d'enthousiasme. Le vicomte, ébloui comme d'une vision, mit un genou en terre, et leur duo continua, plus senti, plus sublime.

Louise ne voyait pas ce vieillard qui, debout derrière le vicomte, et caché par un buisson, était là comme la Mort qui brandit sa faux derrière l'homme heureux. Il allait frapper, le vieillard, et pour bien séparer la tête du tronc, il agitait le croissant de fer qui reluisait au soleil. Il jouissait d'avance de cette horrible exécution, il trouvait beau de guillotiner l'amant de sa femme, et de faire ainsi l'office du bourreau.

— Oh ! quel spectacle pour sa fiancée ! pensait-il, la tête d'un côté et le corps de l'autre !

Mais il abaissa tout à coup le manche de son arme, et sourit affreusement.

— La bonne idée ! murmura-t-il frappé d'une inspiration subite, et moi qui n'y songeais pas ! Non, ce n'est pas ainsi qu'il le faut tuer... Je veux que son agonie dure long-temps ! Je tiens ma vengeance !

IX

La Balançoire.

La passion du vicomte Armand ne faisait qu'augmenter de jour en jour; il ne pouvait plus vivre une heure loin de Louise, et bien que des affaires de service l'appelassent de temps en temps à Paris, il n'avait pas la force de quitter Fontainebleau. Cependant le mariage ne devait s'accomplir que dans trois mois; il était même question de le reculer encore, d'après l'avis du médecin qui, ne trouvant pas la jeune personne assez formée, conseillait d'attendre cinq ou six mois de plus. Louise aimait le vicomte éperdument, et sentait bien qu'elle était aimée; elle avait pourtant de la peine à se défendre quelquefois d'un sentiment de jalousie, quand Léontine lui parlait du vicomte avec des larmes dans la voix et dans les yeux, et passait des louanges les plus exagérées aux reproches les plus amers, les plus injustes.

Louise ne pouvait rien comprendre aux manières de sa cousine, qui semblait s'attacher aux pas du vicomte, et qui venait comme à plaisir troubler continuellement leurs tête-à-tête. Elle s'apercevait du refroidissement de Léontine pour elle, mais c'est en vain qu'elle essayait d'en pénétrer les motifs: dans toute la candeur de son âge, elle était jalouse sans le savoir, et, bien loin d'avoir le moindre soupçon, il ne lui serait jamais venu à l'esprit qu'une femme mariée pût avoir de l'amour pour un autre homme que son mari.

A voir cette naïve et charmante enfant, toujours fraîche, toujours rieuse, poursuivre au grand soleil ces pauvres papillons d'automne, dont les ailes sont toutes déchirées, et courir lestement dans le parc, on n'eût jamais pensé qu'elle fût amoureuse et tourmentée par une jalousie précoce; mais que de fois elle allait se cacher au fond d'un bosquet pour dégonfler sa poitrine et pleurer à son aise! Alors, ce n'était plus une enfant, mais une amante, une jeune fille exaltée, dont l'œil noir étincelait, dont le cœur bondissait plein de flamme et de transports inconnus.

Depuis deux jours, M. d'Escas ne quittait plus son cabinet de chimie; il y montait de grand matin, et n'en descendait souvent que le soir pour s'aller coucher. Il s'emportait quand on venait l'avertir aux heures des repas; il ne mangeait plus. Sa femme n'osait pas lui faire une seule question de peur de le fâcher; elle était pourtant curieuse de savoir dans quel but M. d'Escas s'enfermait de la sorte. Plusieurs fois, ayant collé son oreille à la porte du laboratoire, elle entendit comme le pétillement d'un fourneau qui s'allume, le ronflement du soufflet et le bruit d'une liqueur en ébullition; mais elle ne put rien voir, et dès lors, persuadée que son mari s'occupait d'une opération chimique, elle se garda bien de le déranger, et ne songea plus qu'aux moyens d'empêcher le mariage de Louise et du vicomte.

Un matin, que Michel allait offrir, comme d'habitude, à son parrain, un gros bouquet de fleurs accompagné de salutations jusqu'à terre, et de mille et mille complimens:

— Tiens, mon brave Michel, dit M. d'Escas en lui mettant une pièce d'or dans la main, voilà pour t'amuser. J'aurai peut-être besoin de toi bientôt; ne t'absente pas de la journée.

— Oh! non, mon excellent parrain, répliqua Michel en s'inclinant, j'attendrai vos ordres. Je suis bien reconnaissant de vos bontés.

Il redescendit au jardin, et, tout joyeux, fit reluire son trésor au soleil, ne comprenant rien à cette libéralité subite de M. d'Escas, et se promettant de la bien employer à boire un dimanche avec quelque bonne fille des environs, s'il en trouvait toutefois une qui voulût de lui, car il était moins séduisant que jamais; son œil gauche disparaissait à moitié sous une espèce de fluxion bleuâtre qu'il avait gagnée probablement dans un duel à coups de poing, et sa vilaine barbe rousse, qui n'avait pas encore fait connaissance avec le rasoir, lui croissait au hasard pêle-mêle sur le menton, comme de la mauvaise herbe sur un vieux mur. Mais sa force athlétique et sa largeur d'épaules, semblaient s'être augmentées en proportion de sa laideur; il avait le teint cramoisi, et souvent il respirait à faire craquer sa blouse. Dans cette masse de chair vivante bouillonnait une surabondance de vigueur et de santé, qui devait certainement finir par l'étouffer; car il avait beau se livrer aux plus violens exercices, fendre du bois toute la journée, et tirer tant de seaux d'eau qu'il épuisait la pompe, rien ne pouvait réussir à le fatiguer, à l'affaiblir. Alors, il courait comme un forcené par tout le parc, et lorsqu'il apercevait de jeunes paysannes à travers la grille, ses bras musculeux se tordaient, il grinçait les dents et bondissait comme pour s'élancer par dessus les pointes de fer. Un étrange besoin le dévorait, et la vue seule d'une femme faisait courir dans ses veines un feu qui le brûlait de la tête aux pieds.

Quand il eut bien regardé sa pièce d'or, il la remit brusquement dans sa poche et se frappa la poitrine d'un grand coup de poing.

— Je suis bien avancé d'avoir un louis d'or, grommela-t-il, ce n'est pas cela qu'il me faudrait! je suis le plus riche des garçons du village; oui, mais je suis bien le plus malheureux! Ils ont tous leur bonne amie pour danser les dimanches, et moi, je n'ai personne. Elles disent que je suis trop laid... Jusqu'à cette grosse Marie qui fait la fière... elle n'est pourtant pas déjà si belle; mais c'est égal! ça m'irait tout de même! elle me dédaigne parce que je suis roux, la méchante, et puis elle mord, elle égratigne... Oh! que ça me fait du bien quand elle m'égratigne! Malheureusement elle ne veut plus!

Il poussa un profond soupir, et se frotta les yeux du revers de sa main calleuse, puis soudain, comme un cheval qui sent le fouet, il se mit à courir de toute sa force, et fit le tour du jardin sans reprendre haleine. Enfin, il s'arrêta, et, saisissant une bêche qui se trouvait là par hasard, il retourna toute une plate-bande avec l'impétuosité d'un sanglier qui laboure un champ de pommes de terre. De larges gouttes de sueur inondaient son visage, et la respiration commençait à lui manquer; alors il lança violemment sa bêche, dont le tranchant alla s'enfoncer dans un arbre; et, les deux mains sur les côtes, il continua tranquillement sa promenade et chercha les plus sombres allées du parc. Il écarta les branches d'un épais taillis, et se disposait à s'étendre au milieu des broussailles pour y dormir une heure ou deux, quand des éclats de rire frappèrent son oreille.

Il écoute, on rit plus fort. — Qu'est-ce donc? se demanda Michel. On dirait la voix de mademoiselle Louise... qu'a-t-elle à rire de la sorte?

Il se dirigea du côté où les rires se faisaient entendre, marchant sur les feuilles mortes avec précaution, et prenant garde de remuer trop fort les branches : enfin il put distinguer, à travers le taillis, quelque chose de blanc et d'aérien qui semblait voltiger avec les rires. Il approcha davantage, et, protégé par un orme, il vit tout ce qui se passait devant lui sans avoir la crainte d'être vu lui-même. M. d'Escus avait fait poser une balançoire exprès pour Louise qui se plaisait beaucoup à ce jeu : elle n'était jamais plus heureuse que lorsqu'une main robuste la faisait monter dans les feuilles; elle poussait de grands éclats de rire quand sa jolie tête se décoiffait au vent, et les plus rudes secousses ne l'effrayaient pas.

Justement alors une assez forte brise agitait la cime des arbres, et sifflait aux oreilles de Louise chaque fois que l'escarpolette allait en avant.

— Plus haut! plus haut! vicomte, criait la jeune fille d'une voix rieuse et haletante : ne ralentissez pas!

— Tenez-vous bien, mademoiselle, je vous en conjure, disait le vicomte en poussant de toute sa force le fauteuil qui parfois menaçait de chavirer en l'air; et comme Louise, pour saisir une petite branche qui lui fouettait le visage, lâchait la corde tantôt d'une main, tantôt de l'autre, en criant toujours plus haut! plus fort! le vicomte eut peur qu'elle ne se laissât tomber, et, retenant vigoureusement le fauteuil qui remontait en arrière, il arrêta la balançoire.

— Mais que faites-vous donc là? dit Louise étonnée de rester en place; vous êtes un méchant, je ne vous disais pas d'arrêter. Allons, mon cher vicomte, ne ménagez pas la balançoire, et si vous n'êtes point fatigué, envoyez-moi du premier coup jusqu'à cette branche qui me taquine, et que je veux absolument cueillir.

— Soyez raisonnable, ma chère Louise, ne quittez pas la corde un seul instant! Vous êtes d'une imprudence qui me fait trembler. — Mais vous devez être lasse de balançoire; qu'en dites-vous, si nous allions faire un tour de promenade au soleil?... Nous avons tant de choses à nous dire!

— Mais qui nous empêche de les dire ici? répondit Louise d'un air malicieux; le soleil est trop chaud, et vous ne sauriez croire combien ce petit vent frais qui me caresse la figure, quand vous avez la complaisance de me balancer, est agréable et fantastique. Je vous en prie, continuez.

— Je suis entièrement à vos ordres, ma charmante; mais promettez-moi de bien serrer la corde. Je vous préviens que je vous balancerai moins fort, car non seulement j'ai peur que vous ne tombiez, mais quand vous fendez l'air trop rapidement, je souffre pour vous; cela vous coupe la respiration, et vous ôte vos belles couleurs.

— Soyez tranquille, monsieur le sermonneur, je vous avertirai, si je me trouve mal. Vous me prenez donc pour une de vos petites maîtresses de Paris, qui ne sont à leur aise que dans une bergère au coin du feu, et qui ne peuvent seulement pas faire un tour sur les chevaux de bois, sans avoir la tête à l'envers et s'évanouir? Moi, je suis plus aguerrie; à Lyon, c'était bien autre chose, je galopais sur un vrai cheval... Oui, monsieur, j'allais au manége.

Pendant que Louise babillait de la sorte, le vicomte avait remis la balançoire en mouvement; mais il n'imprimait au fauteuil qu'un si léger roulis, que la jeune fille, pour activer le balancement, frappait la terre avec son pied mignon, et portait son joli corps en avant, afin d'en augmenter le poids, quand elle redescendait.

— Vous n'allez pas, vicomte, dit-elle; on dirait que vous bercez le petit Charles pour l'endormir. Je sens déjà mes yeux qui se ferment.

— Mais à quoi bon vous lancer jusqu'aux nues, ma chère Louise? Il me semble qu'on jouit beaucoup mieux du plaisir de la balançoire, lorsqu'elle va doucement; on fait alors des rêves délicieux, on s'imagine qu'on nage dans l'air comme un oiseau, ou qu'on se promène en légère gondole à Venise. N'est-ce pas, que c'est la bonne manière de se balancer!

— Oui, mon ami; c'est une espèce de bercement qui dispose trop au sommeil, et je serais désolée de m'endormir quand vous me tenez compagnie; cela ne serait pas agréable pour vous. Vraiment, je suis déjà tout assoupie... Allons, un peu de courage... une ou deux bonnes secousses pour me réveiller.

— Puisque vous le voulez, charmante capricieuse, dit le vicomte, il faut bien vous obéir; et, balançant la corde avec plus de force, il en accéléra par degré l'oscillation.

— Êtes-vous contente? Dois-je presser ou ralentir la mesure?

— Pressez ! pressez ! criait Louise qui planait sur la tête du vicomte comme son ange gardien ; je n'aime pas l'*andante*, passons bien vite à l'*allegro !* Je voudrais que cette corde fût plus longue de moitié pour m'envoler jusqu'à la dernière branche de ces arbres... Oh ! l'aimable brise, mon cher vicomte ; elle me rafraîchit délicieusement les joues ! c'est comme un éventail ! je la sens qui souffle dans mes cheveux... Ne craignez rien... plus haut !... encore !...

Et les rires de la jeune fille recommencèrent plus fous que jamais ; il s'y mêlait une espèce de frisson voluptueux qui donnait plus de grâce et d'expression à sa physionomie. Elle avait l'air de se pâmer, et laissait tomber des regards pleins d'une amoureuse langueur sur le vicomte qui, voyant la joie naïve de Louise, redoublait d'efforts et d'ardeur, et tout haletant, le corps penché, épiait le retour régulier du fauteuil, qui, chaque fois, s'enfonçait plus avant dans le feuillage. Les deux ormes qui supportaient la balançoire était si rudement secoués, que la terre se gerçait à l'entour.

— Bien ! disait Louise, à merveille... C'est comme cela !...

Mais, dans l'extrême rapidité de sa course aérienne, elle avait beau rajuster sa robe à chaque instant, elle ne remarquait pas que la brise en soulevait parfois l'extrémité et trahissait une jambe fine et déliée qu'heureusement le vicomte n'aperçut point ; car son cœur battait si fort déjà, qu'une palpitation de plus l'aurait brisé.

Le gros Michel était moins distrait, lui ; accroupi dans une broussaille, il suivait tous les mouvemens de la balançoire, il dévorait des yeux ces formes délicates qu'il entrevoyait par intervalle et devinait sous la robe flottante, malgré son épaisse imagination.

Il s'agitait, se penchait, se tortillait le cou de mille manières, afin de plonger ses regards plus avant ; mais tout cela passait comme un éclair au dessus de lui ; il n'y voyait, pour ainsi dire, que du feu. Cependant il ne se décourageait pas ; il venait de se coucher sur le ventre, espérant distinguer au moins la couleur de la jarretière, pour en parler dans l'occasion.

Et la pauvre jeune fille ne se doutait guère, au milieu de ses jeux innocens, tandis que le vent jouait dans sa robe, que les yeux d'un rustre y pénétraient aussi. Elle ne songeait qu'à prendre les feuilles, elle jetait, comme par hasard, de mélodieux éclats de voix, des phrases de musique qui s'harmoniaient tout naturellement dans sa bouche, et qui, mêlées au bruissement des arbres et de la balançoire, avaient quelque chose d'une harpe éolienne. Souple et gracieuse, elle se laissait aller aux ondulations de l'escarpolette : son peigne d'écaille, froissé par la corde, tomba, et ses longs cheveux noirs se déroulèrent au vent. C'est alors que Michel se crut en paradis, il n'avait jamais rien vu d'aussi beau.

—N'arrêtez pas, Charles, dit Louise, dont la gaîté redoublait, ce n'est rien... Ne ramassez pas mon peigne !

Et d'une main, elle rejeta par derrière une partie de sa chevelure qui lui descendait sur le front.

Quant à Michel, dont la curiosité allait toujours croissant, il ne se trouva pas encore assez près ; et, fasciné par le contour de cette jambe élégante qui semblait appeler sa main, ainsi qu'une jolie fleur qui nous invite à la cueillir, il rampa sur les deux poings, et s'avança tout d'une pièce jusqu'au bord de l'allée, de manière que sa grosse tête s'allongeait hors des feuilles, comme celle d'une bête fauve qui guette sa proie. Sa large bouche et ses narines toutes grandes ouvertes, ses yeux ronds, brillans comme deux flammes et démesurément écarquillés, avaient quelque chose d'effrayant, de fantastique. Ses joues, ordinairement d'un rouge lie de vin, étaient violettes ; l'artère de ses tempes, toute gonflée de sang, battait si fort qu'on aurait pu la voir remuer. Par moment, le pauvre diable se martelait la poitrine d'un coup de poing, sans doute pour calmer l'agitation de son cœur qui bondissait à lui briser les côtes.

C'est que, pour la première fois de sa vie, il comprenait la beauté des formes, et tout ce qu'il y a de voluptueux dans une jambe de femme, délicate et bien prise, qui sort à moitié de la robe, et dont le reste se devine aux plis de l'étoffe : une jambe bien mince à la cheville, bien arrondie au mollet, et terminée par un joli petit pied qui s'enferme dans un léger brodequin, voilà de quoi, certes, faire tourner la tête à des gens moins novices que Michel. Aussi lui fut-il impossible de résister à la tentation ; et, de même qu'un homme ivre qui voit une bouteille de vin, il étendit le bras pour saisir au vol ce pied charmant qui voltigeait comme un frais papillon.

— Ah! mon Dieu! cria Louise en apercevant cette espèce de monstre qui la touchait presque, et, dans son effroi, elle lâcha les deux cordes de la balançoire, et tomba sur les mains.

Heureusement qu'elle ne se releva pas tout de suite, car le fauteuil vide, relancé par la secousse, fendit l'air avec plus d'impétuosité, et s'il eût rencontré la tête de Louise, il aurait pu lui briser le crâne.

Cependant le vicomte, épouvanté de cette chute, venait d'arrêter la balançoire ; il courut à Louise, et la releva.

— Vous êtes-vous blessée? dit-il d'une voix tremblante, en soutenant d'un bras la jeune fille qui, toute pâle, encore étourdie, secouait sa robe pleine de terre, et regardait ses deux mains blanches légèrement écorchées par le sable.

— Ce n'est rien, mon ami, répondit-elle en tâchant de sourire ; mais ses regards exprimaient le trouble, et se portaient continuellement vers le taillis. Michel n'y était plus ; il avait eu peur de la colère du vicomte, et s'était mis à fuir de toutes ses forces à travers les buissons, en voyant la jeune fille étendue par terre.

— Aussi, ma chère Louise, reprit le vicomte avec douceur, vous faites tout ce qu'il faut pour vous tuer ; je vous disais de ne jamais quitter la corde, et vous n'avez pas voulu m'écouter. Tenez, si vous étiez raisonnable, vous renonceriez à ce vilain jeu qui me fait frémir. Justement, j'ai là ma serpette, et si vous me le permettez, je vais couper en deux cette maudite corde, qui finirait par causer un malheur.

— N'en faites rien! dit Louise en retenant le bras du vicomte qui fouillait déjà dans la poche de sa redingote, respectez ma chère balançoire ; si je me suis laissée tomber, ce n'est pas de sa faute, ce n'est pas même de la mienne. Imaginez-vous qu'une espèce de terreur panique m'a prise, et je n'ai pas eu la force de me tenir.

— Et comment voulez-vous, ma bonne Louise, que la tête ne vous tourne pas, et que vous ne soyez pas saisie de vertige, quand cette infernale machine vous enlève à vingt pieds du sol, et vous fait brusquement redescendre au risque de vous mettre en mille pièces ?

— Non, mon cher vicomte, répliqua Louise entièrement remise de sa chute, et commençant à reprendre toute sa gaîté naturelle, je ne m'effraie pas de si peu. Cette balançoire serait encore une fois plus haute, que je m'installerais dans son fauteuil aussi tranquillement que dans une bergère au coin du feu. Mais tout à l'heure, quand mon peigne s'est détaché de ma tête, je regardais à mes pieds, et j'ai vu la chose du monde la plus hideuse, un géant roux caché dans cette broussaille, et qui a fait le geste de vouloir prendre ma robe. C'était, je crois, ce rustre, ce vilain sauvage, que mon cousin ose appeler son filleul ; de ma vie, je n'ai vu plus épouvantable figure ; il ouvrait sa grande bouche, ses gros yeux, comme pour me dévorer. En vérité, j'ai cru que c'était le diable en personne.

— Ah! dit le vicomte en riant, c'était ce pauvre Michel qui dormait apparemment sur un tas de feuilles sèches, et nous l'avons réveillé. Vous ne savez donc pas que sa manie est de se coucher au milieu des broussailles? Plusieurs fois je l'ai surpris ronflant, la tête appuyée sur une pierre en guise d'oreiller, et le visage horriblement rubicond. Je conçois maintenant votre aventure, et je remercie Dieu qu'elle n'ait pas eu de suite fâcheuse, car, vu du haut de la balançoire, cet animal bâillant, et tordant ses longs bras, devait avoir quelque chose de vraiment satanique, et je ne m'étonne pas que vous l'ayez pris pour le diable.

— Je suis fâchée, vicomte, que vous ne l'ayez pas vu dans cette posture, vous auriez eu peur vous-même, j'en suis persuadée.

— Il me vient une idée, ma charmante; puisque M. d'Escas veut absolument conserver chez lui ce butor qui n'est bon à rien, il devrait en faire un épouvantail, et je vous jure qu'il n'y aurait pas, à dix lieues à la ronde, un seul oiseau assez hardi pour approcher des cerisiers. Malheureusement, ce n'est pas la saison des cerises, mais l'an prochain on pourrait essayer. Qu'en dites-vous?

— A merveille, répondit Louise, en riant aux éclats, c'est un moyen auquel je n'avais pas encore songé; nous en parlerons à mon cousin.

Et tout en causant de la sorte, ils échangeaient des regards tendres qui n'avaient nulle part au badinage de leur conversation, et qui disaient plus éloquemment tout ce que l'un et l'autre avaient dans l'âme.

Louise s'appuyait au bras de son amant, et dans leur promenade errante et sans but, parfois une main doucement pressée, un coup d'œil, un soupir, étaient leur muet langage, et traduisaient le fond de leurs cœurs, pendant que mille petites médisances, mille propos gais et frivoles, se croisaient comme un feu roulant et voltigeaient sur leurs lèvres.

Mais tandis qu'ils immolaient ainsi le pauvre Michel, ce rustre, la cervelle encore tout échauffée de ce qu'il venait de voir, bouillant de concupiscence, courait par tout le jardin, pour se calmer, et n'osait pas retourner la tête. Il craignait qu'on ne fût à ses trousses pour le bâtonner. Mais il avait beau franchir, en sautant, les broussailles, s'enfoncer à mi-jambe dans les plates-bandes qu'il traversait, briser les fleurs et les arbustes, il ne pouvait pas réprimer sa lubrique effervescence, et s'arracher du cœur l'image de cette jeune fille emportée jusqu'aux feuilles par la balançoire. Il voyait toujours ce pied mignon dans un brodequin noir, et ces formes adorables, ces purs contours dessinés par les plis de la robe que soulevait une brise complaisante.

Il se trouvait alors dans un verger assez voisin de la maison, et sur lequel donnaient les fenêtres du cabinet de physique où M. d'Escas travaillait une partie de la journée. Au milieu de ce verger, sur une pelouse parsemée d'arbres fruitiers, et traversée en tout sens de longues ficelles tendues, séchaient ordinairement au soleil des chemises, des robes encore mouillées du blanchissage.

Le temps était magnifique, et la grosse Marie en profitait pour étendre le linge qu'elle venait de retirer du baquet de lessive. Michel l'aperçut de loin, au moment où, mettant le pied sur un escabeau pour atteindre une corde, elle y suspendait les couches du nouveau-né : le vent balançait les chemises gonflées et blanches comme la robe de Louise, et s'engouffrant sous le jupon de la villageoise, découvrait par moment un mollet énorme qui se prolongeait gros et rond jusqu'à la cheville, le tout empaqueté dans un bas de laine jadis bleu.

Il n'en fallait pas davantage pour irriter l'appétit brutal de Michel; il s'imagina voir une belle jeune fille sur la balançoire. Ce vent qui joue dans une robe, ces cordes agitées, cette jambe qui se montre, tout cela rappelle au manant la délicieuse idée de Louise, et le plonge dans une espèce d'hallucination.

Il s'avança à pas furtifs, les yeux voilés d'un nuage, tout dégouttant de sueur, et s'agenouilla derrière la paysanne qui, voulant défaire un nœud, se lève sur la pointe des pieds pour se grandir. Aussitôt le vent souffle, et ce mollet colossal apparaît tout entier à la vue éblouie de Michel qui ne se contient plus, et l'empoigne à deux mains, comme un homme qui se noie, s'accroche à un poteau.

—Ah! ah! s'écrie la bonne effrayée, comme si le diable l'eût prise par la jambe; et, sans se retourner, elle applique de toute sa force une ruade au milieu du large nez de Michel qui tombe à la renverse, et dans sa chute entraîne Marie et l'escabeau. Ils s'en vont rouler tous trois sur le gazon en pente, Michel ne lâchant pas, la paysanne ruant toujours, et l'escabeau leur écorchant le visage à tous deux.

Enfin celle-ci reconnut Michel, et sa terreur fit soudain place à la colère.

— Quoi! c'est toi! vieux chien roux, qui mets sur moi tes sales pattes! Veux-tu me lâcher bien vite, ou je te crève tes yeux de faïence... Tu n'es donc pas content d'un œil poché?

—Marie, ma belle Marie, dit Michel les regards en feu, et retenant la virago qui se débattait sur l'herbe et faisait des efforts inimaginables pour échapper aux étreintes furieuses de son antagoniste, ne te fâche pas... Sois gentille,... sois bonne;... tu es si aimable, quand tu veux! Marie, si tu savais comme je suis amoureux de toi! Laisse-moi te baiser sur la bouche... Ah! tu pinces! Eh bien! mords... pince, égratigne, puisque ça te soulage!

— Tiens! tiens! crapaud! en v'là de bonnes, continuait Marie en creusant à coups d'ongles la figure saignante du rustre; Michel la tenait toujours par le mollet, comme un dogue qui serre plus fort dans sa gueule l'os qu'on veut lui faire lâcher; mais la robuste combattante, pour défendre sa vertu, employait tour à tour les dents, les pieds, les ongles et parfois tout ensemble. Elle tirait les cheveux crépus de Michel qui, tout meurtri, ne se décourageait pas, et redoublait d'amour et de tendresse.

—C'est pour rire, tout cela, n'est-ce pas, Marie? disait-il en la fixant par terre avec force. Mais ne me bats plus, va, ça te fatigue. Aimons-nous bien, ma poule. Je veux qu'ils soient tous jaloux de moi dans le village.

— Et moi, je veux décidément que vous me laissiez, monsieur Michel! dit la paysanne d'un ton presque majestueux; je vous avertis que je ne plaisante pas, et que je vais me plaindre à votre parrain qui vous arrangera d'importance.

Espérant que cette menace ne pouvait manquer d'avoir son effet, elle essaya de se relever; mais au lieu d'une jambe, Michel en tenait deux, et la pesante nymphe lui retomba lourdement sur l'estomac comme un paquet de linge sale.

Alors recommença l'amoureuse lutte avec plus de fureur que jamais; ce fut une grêle de baisers, de coups de pieds et de poings, d'injures et de galantes épithètes qui se répondaient comme un feu de mousqueterie: et l'on ne peut savoir de quelle manière aurait fini tout cela, si M. d'Escas, qui, de sa fenêtre, suivait les chances diverses du combat, ne fût descendu précipitamment dans le jardin, et n'eût séparé d'un mot les antagonistes.

— Michel! cria-t-il d'une voix tonnante; et le rustre était déjà sur ses pieds. Il craignait beaucoup M. d'Escas, et songea d'abord à s'enfuir pour éviter les sévères réprimandes qui l'attendaient; mais il n'osa point, et resta comme pétrifié à la même place.

— Monsieur, dit la campagnarde tout en larmes, je vous assure bien que ce n'est pas ma faute. Je suis la fille du monde la plus innocente; c'est M. Michel qui veut me séduire; voilà plusieurs fois qu'il me manque.. Encore l'autre jour qu'il a voulu m'embrasser!... Même, il a sur l'œil gauche la marque de mon coup de poing! — Dame! faut bien qu'une pauvre fille se défende comme elle peut! — Et puis, monsieur, j'étais bien tranquillement à étendre le linge, quand il est venu me tirer par le mollet pour me faire tomber !

Elle se mit à pleurer de plus belle, et parcourut toutes les gammes en sanglotant.

— Allons, console-toi, ma pauvre Marie; j'ai tout vu de ma fenêtre, et je sais que tu n'es pas coupable ; je vais parler à Michel.

Il fit signe au manant de le suivre, et Michel, tremblant de tous ses membres, la tête basse, s'avança vers son maître le plus lentement possible, ainsi qu'un chien qui sent le fouet.

— Donne-moi ton bras, Michel, dit M. d'Escas en tournant dans une allée qui le dérobait aux yeux de la paysanne; et comme Michel, médiocrement rassuré, ne se pressait pas d'approcher, M. d'Escas alla vers lui.

Le rustre connaissait la violence de son parrain; et, croyant que celui-ci venait le châtier, il fit le gros dos et mit ses deux mains devant ses joues.

— Nigaud ! de quoi donc as-tu peur? reprit en souriant M. d'Escas; j'ai bien autre chose à faire que de te gronder. Allons, regarde-moi.

— Mon bon parrain... dit Michel stupéfait.

— Michel, tu sais que j'ai pour toi beaucoup d'amitié, et jusqu'à présent tu m'en as paru digne. Ton père m'a servi toujours avec fidélité, avec zèle; c'était un homme sur lequel je pouvais compter. Je voudrais savoir si je pourrais de même compter sur toi?

— Oh ! oui, mon parrain, à la vie ! à la mort ! s'écria Michel d'un air tragique.

— Par exemple, si je te chargeais d'une besogne un peu difficile, et qui demandât quelque courage, ne serais-tu pas homme à t'effrayer?

— Non, mon parrain, vous pouvez être tranquille, je ne crains pas l'ouvrage. Vous n'avez qu'à parler; c'est pour faire, sans doute, quelques changemens dans le jardin? Ça m'est égal; faut-il aplanir une butte, ou transporter votre labyrinthe ailleurs? Faut-il abattre une cinquantaine d'arbres pour ouvrir une allée? Ordonnez, mon parrain, et je vais prendre ma pioche ou ma scie; je vous jure que je ne serai pas long.

— J'aime à te voir dans ces bonnes dispositions. Parbleu ! nous remuerons de la terre ensemble un de ces jours qu'il fera beau, mon garçon. Mais il ne s'agit pas de cela pour le moment; tu peux me rendre un autre service bien plus important, et je te promets de ne pas être ingrat.

— Et je vous promets de ne pas rechigner, mon parrain; je n'attends que vos ordres. Dès qu'une fois je les connaîtrai, je veux être pendu, si vous n'êtes pas content de moi.

— Mais il faut de la discrétion, Michel, dit M. d'Escas en glissant une nouvelle pièce d'or dans la main de son filleul, il ne suffit pas d'exécuter mes ordres, j'exige avant tout, Michel, que tu n'ouvres jamais la bouche à personne, tu m'entends !... pas même à ton confesseur, pour dire un mot de cette affaire. Il y va de ta vie, je t'en préviens; je t'abandonnerais : au lieu que si tu m'es entièrement dévoué, si tu sais retenir ta langue, je te le répète, tu n'auras pas à te plaindre de moi.

Le vieillard, appuyé sur le bras de Michel, prononça mystérieusement ces derniers mots, d'un air significatif, et Michel, ébahi, ouvrait de grands yeux fixes ; il écoutait de toutes ses oreilles.

M. d'Escas l'entraînait vers la maison; mais souvent il s'arrêtait, comme si la distance qui le séparait encore du perron n'était pas assez longue pour ce qu'il avait à dire.

— Michel, tu m'as donné maintes fois des preuves d'attachement: mais aujourd'hui tu vas te signaler. N'est-il pas vrai, que tu ne souffrirais point qu'on m'insultât devant toi ?

— O mon parrain ! s'écria Michel en retroussant les manches de sa blouse et serrant les poings, je voudrais bien qu'on vous dise un mot de travers! Vous n'avez qu'à me désigner le malhonnête, et je vous l'assommerai sur place, comme ce gueux de mendiant qui vous avait appelé...

— Je m'en souviens, interrompit brusquement M. d'Escas! eh bien, Michel, il faut que tu me venges; mais d'une manière exemplaire... Il ne s'agit plus de coups de poing, ce n'est pas assez : on m'a fait un outrage qui demande une grande vengeance.

— Ah! j'y suis, mon bon parrain, c'est notre enragé de vicaire qui vous a dénoncé dimanche dernier comme philosophe, en pleine église, et puis il a dit que vous seriez damné pour sacrilége. Il faut lui donner une leçon de politesse, n'est-ce pas, mon bon parrain? Eh bien! laissez-moi faire; je vais le guetter près de sa paroisse, avec mon gourdin, et je lui frotterai les épaules d'importance. Une autre fois, il n'appellera plus mon parrain philosophe.

Ils montaient les marches du perron.

— Silence! dit M. d'Escas en secouant le bras de Michel.

Ils arrivèrent au cabinet de physique, le vieillard en ouvrit la porte.

— Viens, Michel, tu vas tout savoir; et, l'attirant dans l'intérieur du cabinet, il ferma la serrure en dedans à double tour.

X

Vengeance.

M. d'Escas et Michel restèrent long-temps enfermés ensemble, et quand le vieillard sortit de son laboratoire, on aurait pu remarquer une singulière expression de joie dans sa physionomie altérée par le chagrin. Il entra dans l'appartement de sa femme, dont la figure était bouleversée; Léontine se promenait d'un air agité; elle tenait son enfant dans ses bras, et ne pensait point à lui donner la nourriture que la bouche avide du nouveau-né réclamait.

— Qu'avez-vous donc, madame, pour courir de la sorte? dit M. d'Escas. Est-ce que le lait vous monte au cerveau? Il me semble que tout à l'heure vous parliez très vivement avec le vicomte.

— Non, monsieur, reprit Léontine sans ralentir sa marche, ce n'est pas à lui que je parlais.

— En ce cas, c'est une voix qui ressemble prodigieusement à la sienne; mais comme vous secouez votre enfant, madame! Vous porteriez un tas de chiffons avec plus de soin. Vous feriez mieux de le remettre dans son berceau.

— Que voulez-vous, monsieur, il crie d'une manière affreuse, quand je le couche. Voilà plus d'une heure que je l'ai sur les bras; je suis harassée. Il ne veut pas que sa bonne l'approche, et si vous n'étiez pas toute la journée dans votre cabinet de physique à distiller je ne sais quoi, vous pourriez de temps en temps me relayer, et m'épargner une grande fatigue.

— C'est votre affaire, madame; vous êtes sa mère, et je m'entends fort mal à bercer un enfant. Il pourrait trouver que j'ai les mains rudes, et j'aime beaucoup mieux ne pas toucher à votre nourrisson. Mais, à propos, puisque nous sommes sur ce chapitre, ne vous serait-il pas possible de vous arranger de manière à ce que votre enfant criât moins la nuit? J'ai plus que jamais besoin de repos; et j'entends sans cesse des lamentations qui me percent le tympan et m'éveillent en sursaut.

— Vous avez bonne grâce à vous plaindre, monsieur, répliqua Léontine avec aigreur; si les cris de cette pauvre créature troublent votre sommeil, croyez-vous donc que je dors mieux que vous? Je suis plus à portée, ce me semble, de les entendre, et vous n'avez pas la moindre compassion pour moi! Vraiment! vous êtes d'une brutalité, d'un égoïsme...

— Encore un coup, madame, interrompit le vieillard avec plus de véhémence, c'est votre enfant, et vous faites votre métier de mère. C'est vous qu'il tette, et quand même il vous réveillerait dix fois plus, vous n'auriez pas un mot à dire.

— Depuis quelques jours, monsieur, vous me traitez d'une manière... Est-ce ma faute, à moi, si vous avez le sommeil léger? Je suis bien malheureuse! vous m'adressez toujours des paroles dures que je ne mérite pas.

— Il suffit, madame; je sais ce que je fais.

Léontine voulut poser l'enfant dans son berceau; il se tortilla dans ses langes, et poussa des vagissemens si plaintifs qu'elle le reprit, et fit deux ou trois tours de chambre pour l'apaiser; mais bientôt, fatiguée et mécontente, elle vint s'asseoir auprès de la cheminée.

M. d'Escas lui tourna le dos, et descendit au jardin.

Au fond du parc, dans un beau massif d'arbres, se trouvait un pavillon élégamment construit à la mauresque, où Louise venait dessiner une heure ou deux tous les jours. Elle copiait des paysages à la mine de plomb, à la sépia, et le vicomte Armand, qui lui servait de maître, ne manquait jamais de se rendre au pavillon pour voir les progrès de sa charmante élève. Louise aimait passionnément le dessin; mais elle était moins bien organisée pour cet art que pour la musique : son jeune maître avait beau vouloir épargner, autant que possible, l'ouvrage de si jolis doigts, il fallait au moins corriger les fautes capitales, et souvent une esquisse incorrecte et lourde devenait presque parfaite après deux ou trois coups de crayon donnés à propos, qui nuançaient les contours en indiquant les ombres.

Louise était depuis une demi-heure dans ce pavillon, mais elle ne dessinait pas; la gravure anglaise qu'elle avait commencée la veille à copier, ne paraissait guère l'occuper en ce moment : son crayon n'était pas même taillé. Assise sur un banc, et les mains croisées sur la poitrine, elle semblait rêver dans une attitude de résignation. Sa tête était penchée, et des larmes ruisselaient le long de ses joues; des soupirs et des mots entrecoupés s'échappaient confusément de ses lèvres. A voir sa pose mélancolique, on eût dit qu'elle priait; mais l'intérieur de son âme était moins tranquille, il y grondait un orage, — la jalousie.

— Ah! pensait-elle, il m'a donc trompée! Il m'a dit tant de fois qu'il m'aimait; eh bien! il disait la même chose à une autre! Du moins, elle s'en vante... Elle me défend de songer à lui! mais comment faire? C'est impossible! D'ailleurs, qu'a-t-elle besoin de m'ôter celui que j'aime, puisqu'elle est mariée?... Et puis, que me disait-elle donc à propos de son enfant? je ne sais plus...

Un craquement sur le parquet lui fit relever la tête; le vicomte Armand venait d'entrer avec un rouleau de gravures à la main.

— Eh bien! ma chère Louise, dit-il, le paysage avance-t-il? Nous allons voir si vous avez bien rendu ce groupe d'arbres qui n'était pas facile à copier.

Louise ne répondit que par un soupir.

— Mais qu'avez-vous donc, ma charmante? Vous, toujours si gaie, si rieuse, vous êtes d'une tristesse... Ah! bon Dieu! vous pleurez... Ma bonne Louise, vous êtes donc souffrante? mais je ne vous ai jamais vue comme cela! auriez-vous appris quelque malheur?

— Oui, monsieur, dit Louise dont les sanglots redoublèrent.

— Est-il possible? mais votre mère ne sait rien de ce malheur; je la quitte à l'instant; c'est elle qui m'a dit que vous étiez dans le pavillon. Je vous en conjure, faites-moi connaître la cause de vos larmes; je ne demande qu'à les partager : vous le savez, Louise, vos peines sont les miennes, et tout ce qui vous afflige me désole également.

Mais, voyant que Louise continuait à pleurer sans articuler une seule parole, il s'assit tout près d'elle, et lui prit une main qu'elle retira vivement.

— Eh bien! oui, monsieur, dit-elle, je suis furieuse contre vous; c'est vous qui me faites tout ce chagrin; vous êtes un ingrat, et je ne vous pardonnerai de ma vie.

— En vérité, je ne vous savais pas si rancuneuse, Louise; je suis donc bien coupable? Mais, au moins, puis-je connaître mon crime?

— Vous devez le connaître, Charles! vous n'avez qu'à descendre en vous-même. Non, je n'aurais jamais cru cela de vous!

— Mais quoi, mademoiselle, je vous en supplie?

— Vous n'avez pas la mémoire assez courte pour l'avoir oublié; c'est mal, Charles, c'est bien mal! moi, qui étais si heureuse encore ce matin!

— Sur mon honneur, Louise, je ne comprends rien à vos reproches; peut-être sont-ils fondés; mais j'ignore absolument ce qui me les attire. Au nom du ciel! veuillez vous expliquer, dites-moi ce que j'ai fait de mal: ensuite, je tâcherai de me disculper, et j'ai l'espoir d'y parvenir. Mais convenez qu'il n'est pas juste de condamner un homme sans lui dire auparavant son crime.

Louise ne l'écoutait pas.

— Me jurer qu'il n'aime que moi! continuait-elle avec amertume, et que je suis la seule femme sur la terre qui puisse le comprendre! me répéter continuellement que je suis belle! me prodiguer une foule de noms charmans que je ne lui demandais pas,... et puis me trahir;... aller chercher du bonheur auprès d'une autre femme! lui parler d'amour;... me donner un cœur déjà donné!

Il n'en fallut pas davantage pour ouvrir les yeux du vicomte; il connaissait à fond le caractère jaloux et passionné de Léontine: vingt fois elle l'avait menacé de faire un éclat, de révéler à Louise une liaison qu'il devait avoir tant d'intérêt à cacher. Il comprit sur-le-champ qu'elle avait parlé, qu'elle avait sacrifié sa réputation de femme au plaisir de la vengeance; mais, en homme habitué à de pareilles mésaventures, il se promit de faire tête à l'orage, et d'en sortir victorieux.

— Je crois à présent, dit-il, avoir deviné le mot de l'énigme; n'est-ce pas, Louise, tout cela ne vient pas de vous? Quelqu'un cherche à nous brouiller, et l'on vous a fait sur mon compte de perfides rapports. Vous avez eu probablement tout à l'heure une conversation avec madame d'Escas?

— Justement, monsieur.

— Et sans doute elle vous a dit beaucoup de mal de moi? par exemple, que j'étais un trompeur, un infâme;... que sais-je? et mille autres épithètes aussi flatteuses, aussi méritées.

Et le vicomte appuyait sur chacun de ces mots avec emphase, avec un air de badinage, que démentait l'altération de sa physionomie et de sa voix.

— Vous avez tort de plaisanter, Charles; j'avais meilleure opinion de vous... Vous riez, quand je pleure, quand j'ai la mort dans l'âme! Car je vous aimais, et c'est un supplice pour moi de vous haïr!

— Vous, me haïr, Louise! mais pourquoi? Puis-je empêcher une femme, dont la cervelle est dérangée, et qui me suit partout comme mon ombre, de vous remplir la tête de sornettes, de vous débiter une foule d'extravagances que vous avez la faiblesse de croire? Elle ferait beaucoup mieux de s'occuper de son enfant qu'elle néglige; elle devrait songer qu'elle est mariée, et tâcher d'embellir les jours d'un vieillard qu'elle aurait pu rendre heureux, et qu'elle désespère avec sa coquetterie.

Le vicomte se flattait de parvenir à détourner la conversation, et d'éviter une explication définitive; mais Louise, qui n'avait pas oublié les paroles de sa cousine, refusa de prendre le change:

— Oui, dit-elle, je sais qu'elle est coquette... Je l'ai vu se mirer des heures entières dans une glace : mais il ne s'agit pas de coquetterie maintenant. Elle est venue dans ma chambre, comme une furieuse, pour me défendre de vous aimer ; elle m'a dit que vous ne m'épouseriez jamais, qu'elle avait des droits sur vous, qu'elle vous adorait, et que vous étiez son amant...

— Elle a menti, ma chère Louise, s'écria chaleureusement le vicomte; je vous le jure! c'est une folle! ou bien elle a perdu tout sentiment de pudeur et de convenances! Je n'aurais jamais cru qu'elle eût osé vous dire chose pareille! Je prenais d'abord tout cela pour un badinage; mais c'est passer les bornes!

— Ainsi donc, vous n'êtes pas son amant? répliqua Louise, qui n'attachait à ce mot qu'un sens vague et mal compris.

— Que dites-vous là, ma chère Louise? répondit le vicomte, un peu déconcerté par une question aussi naïve; mais il maîtrisa bien vite son trouble, et prenant avec douceur une main blanche et pleine de larmes, que cette fois Louise ne retira pas :

— Vous pouvez me croire, mon ange, continua-t-il, je n'aime que vous au monde, et chaque battement, chaque pensée de mon cœur vous appartient, à vous seule. Votre cousine m'est absolument indifférente, maintenant surtout; je n'en disconviens pas, j'avais de l'amitié pour elle.... mais de l'amour, ah! jamais!

— Que vous me faites de bien, Charles, dit la jeune fille, dont les pleurs étincelaient au bord de ses paupières et de ses lèvres souriantes; sa main frissonnait de bonheur dans celle du vicomte qui, penché sur Louise, la brûlait d'une haleine amoureuse, et de la main gauche entourait la taille svelte et souple de cette belle créature qui se livrait sans défiance et dans toute la pureté de son cœur.

— Moi! Louise, en aimer une autre! mais c'est impossible! Je serais le plus aveugle et le plus ingrat des hommes! — Moi, qui peux te voir à chaque heure du jour! Moi, qui sais combien tu mérites d'être aimée! mais je ne t'aurais vue qu'une fois, ton souvenir serait tout puissant dans mon âme, et l'emporterait sur toutes les femmes; car aucune d'elles n'est comparable à toi pour la beauté, pour la candeur. Un seul de tes regards fait circuler dans mon être une volupté ineffable que je n'avais pas encore sentie; c'est comme un avant-goût du ciel!

— Ah! Charles! je vois que tu m'aimes... Si tu savais combien j'étais malheureuse d'en douter! Quand Léontine m'a dit tout cela, j'ai souffert d'une manière atroce, oui! comme si l'on m'arrachait le cœur! Va, je serais bientôt morte, si tu n'étais venu à mon secours? Tu m'aimes, n'est-ce pas, Charles? Oh! répète-moi que tu m'aimes!

— Plus que la vie, Louise! J'aurais du bonheur à mourir pour toi... Cependant je tiens plus que jamais à l'existence, car j'ai trouvé la femme idéale que mon âme avait rêvée : je la voyais dans mon imagination telle que je te vois avec tes grands yeux noirs, qui font tressaillir toutes les fibres de mon cœur, lorsqu'ils me regardent; avec ta chevelure noire et luisante comme du jais, qui se déroule si voluptueusement quand tu voltiges sur la balançoire... et je me figurais une bouche comme la tienne, avec ces dents plus éblouissantes que les perles fines... Tu souris, mon amour! Oh! les délicieuses fossettes! je n'avais pas imaginé une créature aussi belle que toi!

Il tenait toujours enlacé le gracieux corsage qui palpitait dans sa main; le front de Louise s'inclinait sur l'épaule du vicomte, qu'un feu dévorant parcourait : elle était comme sous l'influence du magnétisme; ses yeux, lourds de langueur, lançaient par momens des regards de flamme, sa bouche entr'ouverte semblait aspirer le souffle enivrant de ce jeune homme qui sentait frémir une vierge entre ses bras.

Elle n'offrait aucune résistance, et s'abandonnait tout entière; trop innocente pour songer à se défendre, elle bégayait des mots inconnus, des sons vagues, et ses lèvres attiraient comme de l'aimant celles du vicomte, qui les pressèrent d'un long baiser.

Il voulut plusieurs fois se rejeter en arrière; mais il n'en eut pas la force ou le courage. Il avait dans ses bras une femme adorée, qui se donnait à lui corps et âme; il ne savait pas encore ce que c'était que le bonheur! et le sang bouillait dans ses veines... Il n'avait qu'à vouloir!

— Non, murmura-t-il en arrachant sa bouche aux baisers; ne fanons pas cette fleur! — Conservons-la pure au lit nuptial.

Soudain une vitre de la petite fenêtre du pavillon se cassa, et tomba sur le parquet en mille pièces: Louise, effrayée, se réveilla comme en sursaut, en poussant un cri, et le visage de Léontine s'encadra furieux dans le carreau brisé; mais il ne fit qu'apparaître. Quand le vicomte retourna la tête, il vit en face de lui M. d'Escas, les bras croisés, qui le regardait fixement avec une singulière expression dans le sourire.

— Pardon, vicomte, si je vous dérange; vous étiez probablement très occupé, car voilà deux ou trois minutes que je suis entré: vous ne m'aviez donc pas aperçu?

— J'en conviens, répondit le vicomte embarrassé; je suis naturellement distrait, surtout quand je dessine. J'examinais l'esquisse de mademoiselle...

— Ah! c'est différent, reprit le vieillard en s'approchant de la table où se trouvaient plusieurs dessins pêle-mêle; mais ce n'est pas la peine de rougir, et de baisser les yeux, ma cousine. Je vois avec plaisir que vous faites des progrès, vous aimez l'étude. — N'êtes-vous pas un peu distraite, aussi? On a sonné deux fois la cloche pour le dîner, et vous ne l'avez entendue ni l'un ni l'autre. Apparemment que le vent ne portait pas de ce côté.

— En effet, dit Louise en rougissant davantage, il m'arrive quelquefois de ne pas l'entendre, et quand je dessine, j'oublie souvent l'heure.

— Si vous désirez encore travailler, ma cousine, je ne suis pas pressé, et nous attendrons que l'appétit vous vienne.

— Je vous demande pardon, mon cousin, reprit Louise, qui vit dans l'offre du vieillard moins de complaisance que de sarcasme; je suis désolée de vous avoir donné la peine de me chercher: il fallait m'envoyer le domestique.

Ils se dirigèrent tous les trois vers la maison, et passèrent immédiatement dans la salle à manger; ils y trouvèrent Léontine, la figure encore bouleversée, et les yeux rouges de pleurs, qui lança un regard foudroyant sur le vicomte, et ne prononça pas une parole de tout le dîner.

Quant à M. d'Escas, il fut d'une humeur charmante, il n'avait pas été si gai depuis la naissance de Charles! Il voulut absolument que sa petite cousine fût placée à côté de lui; et, pendant tout le repas, il eut pour elle une foule d'attentions et de prévenances qui le réconcilièrent avec Louise. Il se fâchait quand elle lui servait à boire, et le verre de Louise n'était pas encore vide, qu'il s'emparait de la carafe pour le remplir jusqu'aux bords.

— C'est ma carafe, disait-il en la rapprochant de son assiette, et nul autre que moi n'y touche. N'est-ce pas, Louise, que l'eau est excellente ici? Je me garderais bien d'y mettre du vin. Ce n'est pas comme l'eau jaune de la Seine qu'il faut un peu rougir.

Au dessert, l'hilarité de M. d'Escas devint encore plus vive et plus bruyante; Louise et le vicomte firent semblant de la partager; madame Delisle, qui ne comprenait rien à cet excès de gaîté, se mit à rire plus haut que les autres, et demanda malignement au vieillard sur quelle herbe il avait marché.

Quand on se leva de table, M. d'Escas s'empressa d'offrir le bras à sa jeune voisine, et madame Delisle les suivit dans le salon, où le café était préparé; le vicomte et Léontine restèrent seuls.

— Madame, lui dit-il d'un ton sévère, je ne vous connaissais pas encore ; à présent je vous connais. Vous avez abusé d'un secret qui ne vous appartenait pas, c'est infâme ! Vous n'êtes plus digne de l'estime d'un galant homme. — A compter de ce jour, madame, je ne suis plus votre ami.

— Écoutez-moi, Charles, au nom de l'amour que vous aviez pour moi !...

— Je n'en ai jamais eu, madame.

— Charles, voulez-vous que je meure !...

— Eh bien ! vicomte, arrivez donc ! cria Louise d'une voix suppliante ; on n'attend que vous pour le café ; votre tasse est prête, et va se refroidir.

Léontine essaya de retenir encore le vicomte ; mais il ouvrit la porte du salon, et se tournant vers Léontine d'un air froidement poli :

— Veuillez, madame, accepter mon bras, dit-il. Puis, il la conduisit près d'une causeuse, qu'il mit plus en face de la cheminée.

La soirée était belle : on se promena long-temps au jardin, et l'on ne rentra que lorsque madame Delisle craignit l'humidité pour sa fille qui, disait-elle, était fort sujette à s'enrhumer. M. d'Escas toussait beaucoup ; mais il ne paraissait guère s'inquiéter du froid, et s'obstinait, malgré les remontrances du vicomte, à garder son chapeau à la main, bien qu'une brise un peu fraîche soufflât dans ses cheveux blancs et clair-semés.

Il était huit heures, et toute la société se trouvait réunie au salon ; madame Delisle, qui ne tardait pas ordinairement à s'endormir après le dîner, enfoncée dans une bergère, et les deux pieds sur les chenets de l'âtre où pétillait un bon feu, parcourait le journal pour empêcher le sommeil de venir trop vite, ce qui souvent produisait un effet contraire. Cependant, cette fois, la lecture paraissait l'intéresser plus que de coutume ; il y avait une colonne et demie d'événemens déplorables, d'assassinats, d'incendies, et la vieille dame, qui ne pouvait pas souffrir la politique, aimait prodigieusement les histoires sanglantes, et jugeait du mérite d'un journal d'après le nombre et la singularité des catastrophes qu'il rapportait.

M. d'Escas et le vicomte faisaient ensemble une partie de piquet ; mais les yeux du jeune militaire avaient de continuelles distractions, et rencontraient toujours ceux de Louise qui, placée devant un guéridon, tenait une aiguille, sans faire un point de tapisserie. Elle était si préoccupée, si pleine d'idées confusément voluptueuses, qu'elle ne remarquait pas Léontine en face d'elle, qui, rouge de dépit, se mordait les lèvres, et suivait tous leurs regards.

Le vicomte jetait machinalement ses cartes sur la table ; il commettait bévues sur bévues, et semblait avoir entièrement oublié les règles du jeu ; son adversaire marquait tous les points, bien qu'il fût lui-même beaucoup moins attentif que d'habitude ; mais son humeur bizarre et joviale ne l'avait pas abandonné.

— Parbleu ! vicomte, dit-il après avoir gagné la partie, je crois que nous pouvons dire bonsoir aux cartes pour aujourd'hui. Vous n'êtes pas en verve, ni moi non plus ; sans quoi, je vous aurais battu depuis une demi-heure. — Je ne sais pas ce qui vous occupe ; mais, en tout cas, ce n'est pas votre jeu ; lorsqu'il faut jouer *cœur*, vous jouez *pique* ; vous confondez toutes les couleurs, tous les rangs, tous les sexes ; vous donnez le roi pour le valet, le valet pour la dame... C'est un bouleversement total de la société, une véritable démocratie dans le jeu de piquet.

— C'est vrai, répondit le vicomte en souriant des plaisanteries de M. d'Escas, je n'ai jamais joué d'une manière plus déplorable, et vous avez fait preuve de complaisance en ne jetant pas vingt fois les cartes d'impatience et d'ennui.

— Ah ! voilà madame Delisle qui ne lit plus son journal que d'un œil, reprit M. d'Escas ; l'autre est déjà fermé.

— Je ne dors pas, répliqua celle-ci en faisant des efforts inouis pour tenir ses deux yeux ouverts à la fois : parlez toujours, je vous écoute.

— Oui, ma bonne madame Delisle ; et que dit votre journal ? est-il amusant aujourd'hui? Mais il est neuf heures, soyez tranquille, nous allons prendre le thé, et vous passerez la meilleure nuit du monde.

— Viens donc, maman, dit Louise; nous allons faire, si tu veux, une partie de dominos pour te réveiller. Ne reste pas si près du feu, la chaleur t'engourdit. Tu sais que le médecin t'a défendu de dormir la tête devant la cheminée.

— Ne t'inquiète pas, mon enfant; je ferme les yeux pour les reposer, mais je ne dors pas; je n'ai point de sommeil. Amuse-toi, et ne t'occupe pas de moi.

Le vicomte alla se placer auprès de Louise qui, pour se donner une contenance, déroula sa tapisserie à moitié faite, et se mit à travailler; il ne pouvait se lasser de voir ces jolis doigts effilés dont la blancheur ressortait plus éblouissante sur le fond brun du canevas, qu'elle parsemait de fleurs et de papillons. Mais Louise s'interrompait souvent, et relevait la tête pour mieux respirer, car elle sentait contre sa joue une haleine brûlante qui lui faisait monter au visage un incarnat plus vif; jamais ses prunelles méridionales n'avaient plus étincelé sous leurs cils noirs.

— Vous ne regardez pas, ma chère madame Delisle, dit le vieillard à demi-voix, mais assez haut pour que sa femme pût l'entendre aussi; ils s'adorent! Vraiment! c'est une cruauté de ne pas encore les marier. On n'a jamais vu d'amans plus épris; voyez donc comme ils sont absorbés l'un dans l'autre! Le feu serait à la maison, qu'ils ne bougeraient pas.

— Louise aura dix-sept ans au mois de janvier, répondit madame Delisle, et je vais m'occuper du trousseau.

Léontine se leva brusquement de sa chaise, avec un tremblement dans tous les membres; aussitôt des plaintes et des vagissemens partent de sa chambre à coucher.

— Vous oubliez votre enfant, Léontine, dit M. d'Escas avec une singulière affectation de tendresse; c'est la faim qui le réveille, sans doute. Allez donc lui donner à téter.

Mais déjà Léontine n'était plus dans le salon. M. d'Escas sonna pour avoir de l'eau bouillante, et prépara lui-même le thé, suivant son habitude. Il y mit un soin tout particulier, et ne trouvant pas la dose suffisante, il en ajouta deux ou trois petites cuillerées, ce qu'il fit à la dérobée, pendant que madame Delisle apprêtait de minces tartines de beurre.

— Vous serez contente de moi, dit M. d'Escas en refermant la théière; vous trouvez toujours mon thé faible; mais aujourd'hui, je vous réponds qu'il aura du goût, sans être plus foncé qu'à l'ordinaire. J'ai voulu faire, cette fois, comme les Anglais, je n'ai mis, pour ainsi dire, que du thé vert; laissons-le bien infuser, encore cinq ou six minutes, madame Delisle. — Eh bien! mes enfans, continua-t-il, vous êtes bien silencieux! vous ne remuez pas les lèvres; mais je connais cela, vous n'avez pas besoin de vos paroles pour vous entendre; vos regards ne sont pas muets... Oui, ma petite Louise, j'ai l'oreille fine, et je distingue parfaitement tes soupirs de ta respiration. Oh! comme vous êtes heureux! Si j'étais à votre âge! Vous avez encore toutes vos illusions..... Chaque minute de votre existence est une joie, et vous êtes jeunes! Quel avenir de bonheur vous appartient! Aimez-vous long-temps, heureux couple; on n'aime qu'une seule fois dans sa vie.

— Oh! je l'aimerai toujours, s'écria le vicomte dans un moment d'enthousiasme, et je n'oublierai jamais que c'est à vous que je dois la félicité, mon vieil ami, car, sans vous, je n'aurais point connu cette divine créature, et ma vie serait encore désenchantée et vide!

— C'est pourtant vrai, répliqua le vieillard, qui versait le thé bouillant dans les tasses, et le colorait d'un léger nuage de crême; sans moi, Louise apparemment serait encore à Lyon. Vous rappelez-vous cette promenade que nous fîmes dans le parc, il y a presque un an; vous étiez venu, je crois, à Fontainebleau, pour terminer la vente d'une ferme; c'était cinq ou six mois avant l'accouchement de Léontine : nous parlions de mariage, d'enfans, et je me désespérais de n'en pas avoir. Ma foi! vous êtes sorcier, car vous m'avez prédit ma prochaine paternité, un quart-d'heure avant le médecin, et sans voir ma femme encore. Mais avouez que je ne suis pas non plus mauvais magicien ; je vous prédisais que vous aimeriez cette petite friponne aux yeux noirs, qui ne regarde pas sa tasse, et qui vient de répandre du thé sur sa robe. Hein?... je ne me suis pas trompé ; vous êtes amoureux fous l'un de l'autre... Mais il faut remettre de l'eau dans la théière... A vous, la dernière tasse, madame Delisle.

Le vicomte prit la bouilloire qui chauffait, et remplit de nouveau la théière.

— Merci, vicomte, dit M. d'Escas; mais une autre fois ne vous dérangez pas; Louise m'en voudrait; si je la privais d'un seul de vos regards. D'ailleurs, le thé, c'est là mon affaire, c'est ma plus sérieuse occupation de toute la soirée. — Allons, mes enfans, une partie de dames ; nous verrons si vous êtes plus heureux qu'au piquet, vicomte, et si Louise vous bat comme hier à plate-couture.

— Oh! je ne suis guère en train, ce soir, reprit Louise, en buvant le reste de sa tasse ; j'ai la tête un peu lourde, et je conduirai mal mes soldats; mais n'importe, je veux bien faire une partie.

On plaça le damier sur le guéridon ; Louise prit les dames noires, et la partie s'engagea. M. d'Escas avait bien soin de ne pas laisser les tasses vides, et dès qu'elles se désemplissaient, il recourait bien vite à la théière. Madame Delisle venait de s'endormir sans achever sa tartine, et commençait à ronfler peu mélodieusement. Le vicomte poussait chaque dame au hasard, et ses cases dégarnies n'offraient plus par-ci par-là que sept ou huit malheureux pions isolés qui disparaissaient l'un après l'autre; mais, tout en jouant, il prenait sa tasse qu'il trouvait toujours pleine, et buvait comme par distraction ; Louise portait continuellement la sienne à ses lèvres, pour se désaltérer, car elle éprouvait une soif ardente; elle avait la poitrine en feu.

— Gagné! dit-elle en prenant la dernière dame du vicomte; mais vous le faites exprès; vous jouez mieux ordinairement, Charles! Vous avez la galanterie de ne pas vous défendre.

— Oh! je vous jure que ce n'est pas ma faute, Louise; au contraire, j'ai résisté glorieusement, mais vous êtes d'une force... Il faut bien qu'on vous cède.

— Je vous donne votre revanche, dit la jeune fille en voulant cacher avec sa main un léger bâillement, qui fut remarqué du vieillard.

— Oui, la revanche, dit-il ; il faut toujours prendre sa revanche!

Puis il servit à Louise une nouvelle tasse de thé qui débordait dans la soucoupe. — Bien commencé, vicomte ; vous avez sagement fait de vous emparer du coin. Oh! vous allez gagner cette partie-ci, que diable! on ne perd pas toujours. — A propos, vicomte, êtes-vous encore dans l'intention d'acheter une maison de campagne dans le voisinage?

— Plus que jamais, mon cher monsieur d'Escas ; Louise aime la campagne, et nous y passerons l'été ; mais il faut que nous soyons voisins.

— A merveille ! M. Saint-Clair quitte le pays; il vend sa propriété : vous la connaissez, une maison charmante, vingt-cinq arpens de jardin, avec une pièce d'eau. Je ne sais pas au juste le prix qu'il en demande ; mais ce n'est pas exorbitant.

— Soit! mon ami; nous irons demain ensemble voir ce M. Saint-Clair, et nous conclurons le marché séance tenante, si, comme je l'espère, la maison convient à mademoiselle. N'est-ce pas, Louise, vous nous accompagnerez dans cette petite promenade?

— Très volontiers, Charles.

— Dépêchez-vous d'avoir dix-sept ans, ma gentille cousine, dit M. d'Escas, j'ai hâte d'aller à votre noce. Par Dieu! je vous promets de danser et d'être en belle humeur; je veux enterrer le bal. Il faut qu'avant deux mois de mariage cette fine taille de guêpe s'arrondisse à vue d'œil. Oh! je vous prédis à mon tour, vicomte, une paternité qui ne se fera pas long-temps attendre, je vous prédis un bonheur semblable au mien, sous la forme d'un gros chérubin vermeil qui vous réveillera cent fois par nuit, et que vous aimerez comme j'aime mon Charles. Vous le nommerez aussi Charles, n'est-ce pas? Je parie que Louise raffole de ce nom.

Il m'a toujours plu singulièrement, dit-elle, en contractant sa jolie bouche pour réprimer une envie de bâiller.

— Et vous savez que je suis le parrain de votre premier, fille ou garçon, n'importe; j'aurai la joie de le tenir sur les fonts de baptême, presque autant que si j'étais son père; il faut que je m'acquitte envers vous! Mais vous tombez de sommeil, ma pauvre Louise; ne vous gênez point, bâillez tout à votre aise; voilà déjà plusieurs fois que vous serrez les dents pour vous en empêcher. Les bâillemens d'une bouche comme la vôtre ne sont pas disgracieux, au contraire, ils nous font voir une belle rangée de perles, qui vous sied à ravir.

— Les cils noirs de la jeune fille s'abaissaient par momens; elle laissait aller sa tête d'une épaule à l'autre, et la penchait sur sa poitrine; ses doigts engourdis se posaient négligemment sur les dames, qu'ils faisaient marcher à reculons, et confondaient les noires et les blanches. Depuis dix minutes, elle parlait et jouait, pour ainsi dire endormie.

— Elle a sommeil, dit M. d'Escas au vicomte qui sentait ses paupières s'alourdir, et que la contagion des bâillemens commençait à gagner; c'est qu'il est tard; il est, ma foi, grand temps de nous coucher.

— Oui,... répondit le vicomte en consultant sa montre à répétition, qui sonna onze heures; cette pauvre enfant est très fatiguée;... elle a passé le tiers de la journée sur la balançoire...

— Et c'est vous qui poussiez le fauteuil; vous devez avoir besoin aussi de réparer vos forces, car lorsque vous balancez Louise, ce n'est pas de main morte. Je vais sonner la femme de chambre.

— J'en conviens, reprit le vicomte en se frottant les yeux pour tâcher de les rouvrir, je dormirai de bon cœur... Ma tête pèse,... je voudrais qu'elle fût déjà sur l'oreiller... J'en suis tout honteux; heureusement que Louise ne me voit pas... Mais, c'est extraordinaire,... est-ce que vous n'avez pas sommeil, vous, mon ami?

— Je vais ronfler dans un quart d'heure, aussi haut que madame Delisle... Je vous jure, vicomte, que je m'allongerai tout à l'heure dans mes draps avec plaisir.

La femme de chambre parut avec un flambeau.

— Allons, ma petite Louise, continua M. d'Escas en frappant sur le damier avec la pomme de sa canne, il est onze heures passées. Allons, réveillez-vous, belle endormie.

Louise porta la main à son front, et se leva languissamment de sa chaise.

— Quoi! s'écria madame Delisle que sa femme de chambre tirait par la manche, nous ne sommes pas encore au lit! Quelle imprudence de veiller si tard.... Vite, Louise, vite! Bonsoir, monsieur d'Escas,.... bonsoir, mon gendre.

Et prenant la main de sa fille, elle ouvrit la porte.

— Bonne nuit, Charles, dit Louise, en tournant sur le vicomte un œil lourd de sommeil et de volupté.

— Et vous, dormez bien, ma charmante; faites de jolis rêves.

Quant minuit sonna, tous les habitans de la maison dormaient profondément, excepté le propriétaire et Michel. Celui-ci se promenait de long en large dans la cuisine; et, pour chasser le sommeil et l'humidité de la nuit, il avait recours à de fréquentes libations, et nourrissait de fagots un feu clair et brillant qui rougissait la plaque en fonte de la cheminée. Par moment, quand sa promenade le fatiguait ou l'ennuyait, il revenait s'étendre, les jambes écartées, devant l'âtre, et se versait du cordial. Sa boisson n'était probablement pas rafraîchissante, comme l'attestaient le bord sanguinolent de ses yeux et ses lèvres violacées; un vermillon plus foncé allumait ses joues; des crispations nerveuses parcouraient son corps.

— Il est bien long à venir, mon parrain, se disait-il en avalant une rasade: minuit est pourtant sonné. Est-ce qu'il aurait oublié, par hasard? Oh! non; car il paraît y tenir. — Ça m'est égal, à moi;... je ne demande pas mieux que de faire quelque chose pour lui. — Mais il y a du louche là-dedans; c'est pas clair. — Est-ce qu'il n'aurait pas voulu se moquer de moi, le vieux renard? C'est peut-être seulement pour m'éprouver, pour tâter si j'ai du courage! — Sacristie, oui, j'en ai, et quant à ça, je ne crains personne. Voyez donc, c'tte vengeance! J'aime toujours mieux ça qu'une volée de coups de bâton;... c'est qu'elle pourrait bien m'arriver tout de même, la volée.

Il se disposait à clore son monologue par un grand verre tout plein, lorsqu'une main lui retint le bras, et l'empêcha de porter le nectar à ses lèvres toujours altérées.

— Assez bu, Michel, dit M. d'Escas, enveloppé dans sa robe de chambre, et les pieds dans ses pantoufles; tout le monde dort; viens. J'espère que tu n'as pas peur.

— Au contraire, mon parrain; votre tisane m'a donné furieusement de cœur au ventre; j'ai plus que jamais la tête près du bonnet. Faut-il que je prenne mon gourdin? Vous savez qu'il a du plomb au bout, et ça peut servir dans l'occasion.

— C'est inutile, Michel, dit M. d'Escas, en tirant un poignard de dessous ses habits, et faisant briller, aux lueurs de la cheminée, une lame courte et triangulaire; j'ai cette arme, elle vaut mieux que ton gourdin. Mais, viens, je suis pressé. — Marche avec précaution.

Michel suivit son guide qui sortit de la cuisine, une lanterne sourde à la main; ils montèrent l'escalier qui menait aux chambres de Louise et de sa mère.

La nuit était fraîche; on entendait le bruit du vent dans les arbres et dans les cheminées. Il faisait un beau clair de lune; mais de petits nuages blancs clair-semés dans l'atmosphère, voilaient, par intervalles, le croissant lumineux. Au fond d'une alcôve à rideaux bleus, Louise dormait sur un lit, dont les draps en désordre ne couvraient qu'à moitié son corps. Elle respirait péniblement, sa gorge soulevait la camisole entr'ouverte; une de ses jambes, nue et ployée, pendait au bord de sa couche: elle n'avait rien sur la tête, et sa chevelure dénouée se déroulait en longues tresses qui lui tombaient sur le cou. Sa couverture était baignée de sueur; on devinait aux frémissemens voluptueux de la jeune fille, à sa pose molle et changeante, aux couleurs animées de ses joues, qu'elle avait des songes d'amour: un sourire de bonheur agitait ses lèvres, d'où s'élançait une haleine brûlante.

C'était par un soleil magnifique; elle voyait le brillant colonel qui faisait caracoler son cheval anglais à la tête d'un beau régiment de cuirassiers, et la foule admirait la grâce et l'éclat du jeune militaire, dont la cuirasse et le casque argentés flamboyaient aux rayons du soleil. Oh! comme Louise était fière alors de son amant! Elle bondissait de plaisir et d'orgueil aux acclamations de tout ce peuple émerveillé.

Puis soudainement, sans transition, elle se trouvait sur la balançoire, au fond du parc, et s'élevait bien haut dans les feuilles; mais aucune brise ne lui soufflait au visage pour la rafraîchir: elle ne sentait que la chaleur d'une bouche qui l'enivrait, chaque fois qu'un bras attentif renvoyait l'escarpolette.

Et puis, comme par magie, la voilà dans les bras de son Charles qui la regarde avec des yeux plus tendres, et lui parle avec une voix plus douce que jamais. Par un vague instinct de pudeur, elle veut fuir, et s'arracher aux liens vivans qui la pressent, mais la force lui manque; ses genoux tremblent, un feu extraordinaire circule dans ses veines: elle veut crier, sa voix meurt. Alors des lèvres enflammées cherchent ses lèvres; c'est une ivresse, un mélange d'ineffables délices.

. . . .

Michel venait d'entrer dans la chambre de Louise. Il marchait le moins lourdement possible, et tenait d'une main ses gros souliers ferrés, pour ne pas faire de bruit sur le parquet. M. d'Escas passait la tête par une porte entr'ouverte qui donnait sur un corridor. Il y avait quelque chose d'infernal dans sa physionomie, une joie féroce et diabolique tordait ses rides: il indiquait du geste au manant le lit de la jeune fille éclairé mystérieusement par un rayon de lune, qui traversait les persiennes mal fermées, et vacillait dans l'alcôve. Mais la résolution de Michel parut l'abandonner un instant; il était comme pétrifié au milieu de l'appartement, et n'osait pas remuer. Il regardait tour à tour Louise endormie, et le vieillard qui lui faisait toujours signe d'avancer. Il promenait ses gros yeux lubriques sur les moelleux contours de ce corps virginal qui lui appartenait tout entier.

— Charles! murmurait Louise d'une voix éteinte. Charles!

— Michel! dit M. d'Escas avec un geste plus impérieux, venge-moi!

Le rustre se précipita vers l'alcôve, et fit craquer dans ses bras les membres de la jeune fille.

. . . .

La lune était cachée sous un nuage; une obscurité profonde régnait dans la chambre. Le vieillard, qui ne pouvait plus voir, écoutait; et son oreille distinguait dans le silence quelques plaintes étouffées, où se mêlait le nom de Charles.

— Charles! s'écria Louise en s'éveillant: puis elle vit comme un fantôme passer entre elle et la fenêtre, s'arrêter un moment, et s'éclipser. Ses paupières étaient lourdes et mal ouvertes; elle crut rêver encore, et n'eut pas même un tressaillement. Peu à peu le chaos se débrouilla dans sa tête; elle sentit du froid, et s'aperçut, en promenant ses mains sur elle, que presque tout son corps était nu. Sa couverture et ses draps avaient glissé à terre; son lit se trouvait dans le plus grand désordre. Alors, comme frappée d'une idée subite, elle se dresse sur son séant, recueille ses souvenirs, et pousse un cri. Elle s'élance au milieu de la chambre avec terreur; elle appelle sa mère. Personne ne répond. Elle prête l'oreille, un ronflement sourd et régulier s'élevait de la pièce voisine où couchait madame Delisle. Louise ouvre la porte, et, nu-pieds, se dirige à tâtons vers le lit de sa mère qui dormait profondément; puis la secouant par le bras:

— Maman! dit-elle, maman! au secours!

Mais voyant que sa mère ne bougeait pas, elle se met à sangloter, et jette des cris lamentables.

— Louise!... dit madame Delisle tirée de sa léthargie, et se retournant sur le dos; est-ce toi, Louise?...

— Oh! maman, s'écrie Louise en l'embrassant de toutes ses forces, je ne vous quitte plus.

— Mais qu'est-ce donc, mon enfant?... O mon Dieu! comme tu as froid!... tu grelottes!... Est-ce que tu souffres?

— Si tu savais, maman!... Ah! je meurs! je meurs!

— Mais, Louise, qu'as-tu?

— Un homme est dans ma chambre!

— Tu es folle, Louise ; c'est le cauchemar. — Ne sois pas si peureuse, et va te recoucher.

— Plutôt mourir ! dit Louise en se cramponnant à sa mère. Un homme est dans ma chambre ! il m'a battue pendant que je dormais.—J'ai vu son ombre sur le mur. — Il est caché derrière mes rideaux !

— Nous allons voir, ma fille, et du moins tu seras tranquille après. Je te dis que c'est quelque mauvais rêve causé par le thé d'hier qui était un peu fort. Tu en as bu plusieurs tasses ; il n'en faut pas davantage. Tu es très nerveuse.

Madame Delisle venait d'allumer une bougie. Elle enveloppa Louise d'une pelisse, et la reconduisit par la main dans sa chambre à coucher.

— Tu vois bien qu'il n'y a personne, ma fille, dit-elle en promenant son flambeau de tous côtés, et soulevant les rideaux de l'alcôve ; c'est un reflet de lune sur la muraille que tu as pris pour un fantôme.

— Non ! Je l'ai vu marcher ! reprit Louise en baissant la voix, et pâle comme une morte ; il est sous le lit !

Madame Delisle, pour tranquilliser entièrement sa fille, mit la bougie à terre, et regarda sous le lit.

— Il n'y a pas même la place d'un homme, ma chère enfant : tu peux te recoucher, et dormir sans crainte ; mais pas sur le côté gauche ; le sang vous monte au cœur, et c'est là ce qui vous donne le cauchemar. Viens m'aider à refaire le lit.

— Non, maman, je t'en prie ! ne me laisse pas seule ; je mourrais de peur. On n'est pas maître de cela ! Je sais bien qu'il n'y a personne ici ; mais il me serait impossible de fermer l'œil. — Veux-tu que j'aille coucher avec toi, ma bonne mère ? pour cette nuit seulement.

— Allons, viens, petite peureuse, dit madame Delisle en baisant Louise au front.

A peine eut-elle remis sa tête sur l'oreiller, qu'elle se rendormit, et ronfla de plus belle ; mais Louise, bien qu'elle fût brisée de fatigue, ne put retrouver le sommeil : elle eut le frisson jusqu'au matin.

XI

Une Visite de Médecin.

On était dans le mois de décembre ; M. d'Escas ne quittait pas sa maison de campagne, et Louise y demeurait toujours avec sa mère, en attendant son prochain mariage. Le vicomte Armand se trouvait alors à Paris, et faisait arranger dans son hôtel un appartement pour sa future belle-mère. Il devait revenir à Fontainebleau d'un jour à l'autre, et retourner presque immédiatement à Paris avec madame Delisle et sa fille. Il avait hâte de séparer Louise de Léontine qui l'avait prise en aversion et la tourmentait continuellement de sa jalousie. Les deux cousines ne pouvaient plus désormais vivre ensemble.

Depuis deux mois environ, Louise était rêveuse et chagrine ; l'éclat de ses yeux se ternissait ; son teint se décolorait, et les contours de ses joues amaigries devenaient plus saillans : son profil italien prenait chaque jour une expression plus profonde de souffrance et de mélancolie. Elle avait souvent des spasmes nerveux, des crispations dans les entrailles, et versait des torrens de larmes lorsqu'elle était seule. Madame Delisle ne concevait rien à l'état maladif de sa fille, et ne savait à quoi l'attribuer. Elle essayait de la distraire ; mais désespérant d'y parvenir, elle attendait le vicomte avec la plus vive impatience.

Un matin, que Louise était plus triste que de coutume, et qu'enveloppée dans un châle, elle frissonnait devant la cheminée, où flambaient deux énormes bûches que sa mère venait d'y jeter, on apporta une lettre du vicomte.

— Ah! maman! s'écria Louise en parcourant la première ligne, il arrive!

— Qui? mon enfant.

— Lui! Charles! continua la jeune fille; il arrive ce soir ou demain dans la matinée.

Et sa belle figure pâle rayonna de joie.

— Oh! quel bonheur, maman! nous allons donc quitter cette vilaine campagne froide, où l'on ne voit que de la neige et des corbeaux.

— Oui, ma bonne petite Louise; mais il faut bien prendre garde que M. d'Escas ne t'entende; il a pour nous toutes sortes de bontés depuis que nous sommes ici... Tu lui ferais de la peine. Ainsi, te voilà bien contente; demain nous serons à Paris, où tu auras des distractions; nous ferons de jolies promenades au bois de Boulogne dans la voiture du vicomte, et puis tu iras au bal, aux Italiens, à l'Opéra...

— Il ne m'en faut pas tant pour me rendre heureuse, dit Louise avec un soupir; tout ce que je désire, c'est de m'en aller au plus vite de cette maison que j'ai prise en horreur.

— Je n'en suis pas étonnée, ma fille; moi, qui ne suis plus jeune comme toi, je trouve fort maussade la vie de campagne pendant l'hiver. On n'y voit pas une âme, on est gelé jusque dans la moelle des os; rien n'est moins divertissant, j'en conviens, que ces grands arbres sans feuilles, et tout couverts de neige, que nous avons toujours devant les yeux. Au moins à Paris, lorsqu'on a ses fenêtres sur la rue, on ne s'ennuie jamais; on regarde les passans, les voitures, et ça distrait.

Tout à coup Louise éprouva de fortes palpitations, et porta la main à son cœur; ses traits se décomposèrent un instant. Sa mère, effrayée, saisit un flacon de vinaigre sur la cheminée, et le fit respirer à Louise.

— Ce n'est rien, maman; ce n'est qu'un spasme... Tu sais que j'ai les nerfs sensibles...

— Oh! oui, ma pauvre fille! Depuis quelque temps surtout,... depuis ce maudit rêve...

— Ne m'en parle pas, je t'en conjure, maman, car rien que d'y penser, j'ai peur.

— A la bonne heure, Louise, tu es raisonnable; tu ne veux plus qu'on t'en parle. Ainsi, n'en parlons plus; mais, une autre fois, ne bois pas de thé; c'est une chose pernicieuse pour les gens nerveux. — Maintenant, mon ange, il est temps que je te quitte pour aller à l'office, je suis même en retard; M. le curé doit avoir commencé. Tu conçois que je ne voudrais pas manquer la messe un jour de Noël... D'ailleurs, je reviendrai bientôt, à moins que le prône de M. le curé ne m'en empêche; mais je ne le pense pas.

Elle prit son eucologue, embrassa Louise, et se fit accompagner à l'église par sa femme de chambre.

M. d'Escas s'entretenait depuis un quart d'heure dans son appartement avec un grave personnage, en habit noir, qui s'interrompait souvent dans ses périodes, pour absorber une large prise de tabac. C'était le docteur Ramier qui arrivait de Paris.

— D'après votre lettre, disait-il à M. d'Escas, je m'attendais à quelque chose de plus terrible; j'ai pensé tout d'abord à l'apoplexie, et j'ai pris la poste. Mais, tant mieux, vous êtes ferme sur vos jambes : l'équilibre des humeurs est rétabli chez vous, grâce à mes saignées. Vous pouvez aller cent ans comme cela, monsieur. Vous disiez donc que cette jeune personne a des maux de tête, des palpitations, des tranchées!... Et depuis quand?

— Depuis deux ou trois mois, mon cher docteur. Elle n'est plus la même ; à tout moment elle a des faiblesses, des évanouissemens, et puis quand elle revient à elle, ce sont des pleurs, des soupirs...

— N'est-elle pas amoureuse, la petite? demanda le docteur.

— Justement, elle va se marier ; c'est une imagination ardente, un tempérament du midi...

— Eh bien ! mon cher monsieur, dépêchez-vous de la marier ; cette maladie-là n'est pas de ma compétence. Mais je peux vous répondre qu'après un mois de mariage, la jeune personne jouira d'une parfaite santé ; ses couleurs reparaîtront ; elle regagnera de l'embonpoint, et ne songera plus à ses palpitations.

— Docteur, il faut que je vous parle franchement ;... mais ce que je vais vous dite doit rester entre nous ; je m'en rapporte à votre prudence, à votre discrétion.

— Je vous écoute, répartit le médecin en ouvrant sa tabatière ; je suis accoutumé aux confidences, et je ne trahis jamais le secret d'un malade. Je suis comme un confesseur.

— Vous comprendrez facilement pourquoi je tiens à votre silence,... car un mot lâché par mégarde, dans la chaleur de la conversation, pourrait compromettre la réputation d'une jeune personne, et l'empêcher de se marier. Il s'agit d'éclaircir un fait . Louise est souffrante depuis trois mois environ, et je crois avoir deviné la véritable cause de sa maladie, qui ne vient pas seulement du moral... C'est une âme vive, exaltée, à passions fortes... Elle aime éperdument un jeune homme qui l'adore : vous connaissez le vicomte Armand, ce beau militaire si bien pris dans sa taille?... c'est lui. Voilà plusieurs mois qu'ils ne se quittent pas ; on est toujours sûr de les trouver ensemble dans les plus sombres allées du parc, dans les endroits solitaires. — En un mot, j'ai tout lieu de croire qu'elle est enceinte.

— Cela s'est vu, dit gravement le docteur. — Vous les avez surpris?

— A peu près ; mais je n'ai là-dessus qu'une certitude morale, et je vous attendais pour en être matériellement sûr.

— Fort bien ; veuillez me conduire auprès de mademoiselle Louise, et je vous réponds qu'avant une petite demi-heure, vous saurez à quoi vous en tenir.

— Mais, je vous le répète, mon cher docteur, ne dites pas un mot qui pourrait faire soupçonner, même à Louise, la nature de sa maladie. Ménagez son amour-propre. Il faut qu'elle ne se doute de rien encore. — Sa mère n'est pas avec elle maintenant ; c'est pour le mieux : on ne vous fera pas de questions embarrassantes.

— Je vous suis, dit le médecin.

— Louise ne sera pas étonnée de votre visite ; je l'ai prévenue. Seulement elle pense que vous venez pour moi. Gardez-vous bien de la détromper, continua-t-il en posant la main sur le bouton de la serrure ; je vous attendrai chez moi.

M. d'Escas fut désagréablement surpris, lorsqu'il ouvrit sa porte, de se trouver presque face à face avec Léontine, qui fit semblant de ramasser quelque chose ; il laissa la porte de sa chambre entre-bâillée, et conduisit le docteur chez la malade.

Pendant ce court trajet, Léontine se cacha dans l'alcôve de son mari, derrière un rideau. Elle avait saisi les derniers mots de M. d'Escas ; il n'en fallait pas davantage pour la mettre sur la voie. Depuis l'arrivée du médecin, elle rôdait continuellement dans le salon, près de la chambre où se tenait cette conversation mystérieuse, et collait son oreille contre la porte ; mais il ne lui arrivait que des sons vagues, des lambeaux de phrases qui ne satisfaisaient pas son avide curiosité. Elle savait bien qu'il était question de sa cousine, et voulait absolument connaître la vérité ; car elle n'avait pas oublié la scène du pavillon : elle tremblait de ne pas avoir brisé la vitre assez tôt. Sa passion malheureuse avait empiré comme sa jalousie; et bien qu'elle n'eût plus d'espérance, elle ne pouvait souffrir que le vicomte Armand fût heureux dans les bras d'une autre femme.

M. d'Escas rentra dans sa chambre en se frottant les mains, l'air radieux. Il s'assit devant sa cheminée, et secouant la tête :

— Ah! ah! mon ami le vicomte, murmura-t-il entre ses dents, mais d'une manière si confuse qu'il fut impossible à Léontine d'entendre autre chose qu'un bourdonnement, nous verrons! Je vous promets un cadeau de noces qui vous paiera largement de tout ce que vous avez fait pour moi... Je tiens à vous prouver que je suis bon débiteur, et que je ne renie pas mes créanciers. — Ah! vicomte... tu voulais jouer au plus fin avec moi; mais je crois t'avoir damé le pion!... Tu dois bien rire dans ta barbe de ma bêtise, quand je t'appelle mon excellent ami, mon cher vicomte, et que je te donne une poignée de main... Patience, j'aurai mon tour, et je rirai, moi, quand tu n'auras pas envie de rire!... Tu croyais, parce que j'ai des rides sur la face et des cheveux blancs sur la tête, qu'on pouvait m'outrager sans risque, se coucher dans mon lit, — et dire partout : c'est un brave homme! — Tu n'en seras pas quitte pour un coup d'épée, vicomte!

Il prit les pincettes, et brisa des tisons qui jetèrent mille étincelles. Après un silence :

— C'est une cruauté de ma part! Cette pauvre Louise, elle ne m'a rien fait!... Elle est si douce! Je l'ai toujours aimée... et c'est moi qui serai la cause de sa mort!

Une grosse larme parut au bord de sa paupière, et sillonna sa joue comme une ride; mais il l'essuya bientôt avec le dos de sa main.

— Mais Léontine aussi m'était chère, continua-t-il d'une voix étouffée. — Je l'aimais, et maintenant je l'écraserais volontiers sous mes talons!... Femme, enfant, je n'ai plus rien... que la vengeance! c'est là mon épouse, — et je ne crains pas au moins qu'elle me trahisse! Oui, vicomte, je ne veux rien avoir à toi; je te rendrai tout ce que tu m'as donné, crachat pour crachat, — enfant pour enfant!

— C'est moi, dit le docteur en frappant à la porte, qu'il ouvrit sans attendre de réponse.

— Eh bien? demanda le vieillard qui l'attira dans l'embrasure d'une fenêtre.

— Vous aviez ma foi raison, monsieur; enceinte de trois mois, à peu près au même point que madame d'Escas, lorsque vous me fîtes appeler dans le courant d'avril; et vous savez que je ne me suis pas trompé d'un jour.

— Elle est enceinte! vous en avez la certitude, docteur?

— Je voudrais être aussi sûr de vingt mille livres de rente, répondit M. Ramier; mais vous pouvez être tranquille : jusqu'à présent, je ne vois rien à craindre pour la santé de la jeune personne; sa grossesse paraît d'une bonne nature, elle ne tourne pas de côté, et tout me fait présumer que l'enfantement sera facile. Il faudrait cependant conseiller à la jeune personne de prendre la chose moins à cœur, et de ne pas s'affecter, car le moral influe prodigieusement sur le physique, monsieur, et la plupart des fausses couches sont occasionnées par la mélancolie.

— Elle est triste, dit M. d'Escas, parce que son futur n'est point ici; mais il va revenir pour l'emmener à Paris : le monde, les spectacles la distrairont, et mieux que tout cela, docteur, le mariage, car ils s'aiment tous deux avec fureur.

— J'en ai les preuves, monsieur; mais permettez-moi de vous quitter, la diligence va partir, et je suis en retard. Par bonheur, j'ai retenu ma place, et l'on me connaît au bureau.

— Comment, docteur, vous ne restez pas à dîner avec nous?

— Impossible! répondit M. Ramier en rabattant avec sa manche le poil ébouriffé de son chapeau.

— A peine descendez-vous de voiture, et vous allez y remonter. Prenez au moins le temps de respirer ; mangez un morceau.

— Impossible! répéta le médecin ; je suis attendu ce soir à Paris pour une autopsie, et je ne voudrais pas que mes confrères commençassent l'ouverture du cadavre sans moi.

M. d'Escas, trouvant le docteur inébranlable, n'insista pas, et le reconduisit jusqu'à la grille. Léontine profita de ce moment pour sortir de sa cachette. Elle était pâle, ses dents grinçaient ; elle chancelait comme une bacchante, et ses grands yeux bleus étaient gonflés de colère et de larmes. Elle eut bientôt franchi l'escalier, et s'élança dans la chambre de Louise.

Louise, effrayée, mit ses mains devant elle, et se rejeta en arrière dans son fauteuil.

— Je sais tout! s'écria Léontine ; vous ne m'en imposerez plus maintenant! Je sais d'où vient cette pâleur, ce regard éteint... cette mélancolie qui n'est qu'un masque! Voilà déjà bien long-temps que je m'en doutais!..

— Vous êtes fâchée contre moi, Léontine? demanda Louise avec douceur. Que vous ai-je donc fait?

— Ce que tu m'as fait! malheureuse! continua Léontine en lui montrant le poing ; ce que tu m'as fait! tu m'as pris mon amant... Tu es grosse!

Louise poussa un cri.

— Mais ne sois pas si fière! ne crois pas qu'il t'aime long-temps... Tu es jeune, tu es belle ; mais il y a des femmes encore plus belles que toi... et celles-là te supplanteront! — Va, je connais ton Charles... c'est un homme profondément perfide, égoïste... un cœur froid, incapable de sentir l'amour... un libertin qui méprise les femmes, qui les cajole bassement pour les séduire, et qui les repousse du pied, lorsqu'il les a déshonorées.

— Mais tout ce que vous dites là, Léontine, c'est indigne!... c'est infâme de votre part!

Et la voix de Louise était pleine de sanglots qui soulevaient douloureusement sa poitrine.

— Non, tu seras dédaignée comme les autres, et tu souffriras comme je souffre!... Et n'espère pas être mieux traitée que ses maîtresses : il te laissera pleurer toute seule dans ton lit, et t'abreuver d'amertume pendant qu'il ira faire des conquêtes au bal et chercher des victimes, car ce n'est pas le besoin d'aimer qui le tourmente... c'est le plaisir de changer! Il lui faut tous les jours une femme à séduire, à tromper... un joujou qu'il s'amuse à briser, lorsqu'il en est las!...

— Non! s'écria Louise avec toute l'énergie de l'indignation, non, c'est un homme d'honneur!... je l'aime.

— Et moi aussi, je l'aime! reprit la jeune femme tremblante de fureur, et se penchant sur Louise d'un air menaçant ; je suis sa maîtresse!

— Léontine, Léontine! qu'allez-vous faire? Oseriez-vous porter la main?... Songez que je suis faible, malade...

— Je te dis que je l'aime... entends-tu? — que je l'adore!...

— Léontine, au nom du ciel, parlez moins haut ; Dieu! si votre mari vous entendait!

— Eh! que m'importe à moi, mon mari! ce n'est pas lui que j'aime! Qu'il vienne, je lui dirai tout ; qu'il vienne! je lui dirai que je suis adultère, pour qu'il me tue!

— Léontine, je vous en conjure, au nom de votre enfant!

— Mon enfant!... malheureuse! Est-ce pour me railler que tu parles de mon enfant?... Tu ne sais donc pas quel est son père?... Eh bien! c'est ton époux! c'est Charles!

Louise laissa retomber ses mains défaillantes sur ses genoux, et sa tête frappa le dossier du fauteuil.

— Mais ton époux, Louise, tu ne l'auras pas à toi seule! Je te le répète, c'est un libertin, c'est l'amant de toutes les femmes. Il en avait séduit bien d'autres avant moi; il t'a séduite, et tu n'es pas la dernière. — Crois-tu donc qu'il se contente d'une seule femme? Maintenant, Louise, tandis que je te parle, il est peut-être aux genoux d'une maîtresse, car il en a tant! — Tu crois bonnement qu'il est allé à Paris tout exprès pour toi... pour choisir la corbeille de noces et disposer ton boudoir; va, c'est plutôt pour un rendez-vous!

— Léontine, vous me faites mal... Laissez-moi.

A l'instant même le bruit d'une voiture se fit entendre dans la cour.

Louise courut à la fenêtre : — C'est lui, s'écria-t-elle en se précipitant vers la porte; mais sa cousine l'avait prévenue; elle voulait voir la première le vicomte. Les éperons du jeune militaire sonnaient déjà sur l'escalier; il montait les marches quatre à quatre, et fut bientôt dans le corridor qui menait à la chambre de Louise.

Encore ébloui du grand jour, il ne vit point Léontine dans l'obscurité du couloir, et manqua de la renverser.

— Oh! mille pardons, dit-il en ôtant son chapeau; je ne sais pas qui j'ai eu la maladresse de heurter... Ce passage est si noir!...

— Moins noir que votre âme, répondit sourdement Léontine, dont les yeux fixes reluisaient dans l'ombre, comme ceux d'une lionne courroucée.

— Quoi! c'est vous, madame? reprit le vicomte en la saluant avec gracieuseté; je vous supplie de me pardonner. Je m'en voudrais toute la vie, si j'avais eu le malheur de marcher sur votre joli pied.

— Vous m'avez marché sur le cœur, Charles! — Oh! vous êtes un infâme!...

— Charles, Charles, dit Louise en avançant dans le corridor, venez donc, je vous attends.

— Vous m'entendrez, monsieur, dit Léontine qui barra le passage au vicomte; oui, vous êtes un infâme! — Vous m'avez dégradée... trahie de la plus atroce manière!

— Vous perdez la raison, madame; ne me retenez plus, je vous en prie.

Et le vicomte écarta doucement le bras qui l'arrêtait, et fit quelques pas : Léontine se replaça devant lui.

— Tu es donc bien pressé de la voir! dit-elle; patiente, tu seras plus libre dans le pavillon.

De sourds gémissemens roulaient au fond de sa poitrine; ses lèvres agitées se couvraient d'écume; ses yeux tournoyaient dans leurs orbites, et devenaient blancs; tout son corps frissonnait de convulsions.

— Vous jouez la comédie! madame, reprit le vicomte impatienté; je ne vous connaissais pas ce talent.

— Oh!... ce n'était pas assez de me faire mourir... il m'insulte!

Puis elle tomba sur le carreau, saisie d'une attaque de nerfs.

Le vicomte essaya de la relever, mais vainement : elle se tordait comme un serpent blessé; ses paupières s'ouvraient et se fermaient tour à tour : elle râlait.

A cette vue, Louise, épouvantée, perdit connaissance; mais le vicomte la retint dans ses bras, et la porta sur un canapé. Elle était froide, immobile, et ses lèvres blanches, restées entr'ouvertes, avaient l'air de laisser échapper son âme.

— Louise, ma chère Louise! revenez à vous, disait le vicomte en lui frottant les tempes d'eau de Cologne, et n'osant pas sonner, de peur que M. d'Escas n'arrivât.

— Ah !... il n'a de pitié que pour elle! s'écria Léontine ranimée par la jalousie; et ses convulsions recommencèrent plus violentes.

Le vicomte ne savait pas où donner de la tête; dans son mortel embarras, il courait de Léontine à Louise, et de Louise à Léontine.

— Madame, calmez-vous, disait-il à demi-voix, je vous en conjure; ne faites pas d'esclandre... vous allez attirer les domestiques. — Songez à votre réputation... madame, laissez-moi vous porter dans cette chambre, retenez vos cris un seul instant... J'entends du bruit sur l'escalier; c'est peut-être votre mari qui monte.

— Tant mieux!... il me cassera la tête avec son pied; mais je n'ai plus peur de lui... Je me sens mourir !... Il ne battra qu'une morte... Oh ! oh ! oh!

La respiration sembla lui manquer tout à coup, et sa voix s'éteignit; seulement sa poitrine soulevait par secousse le corset trop serré qui l'étouffait.

— Au secours! quelqu'un ! s'écria le vicomte saisi d'effroi, et n'écoutant plus que la bonté de son cœur; puis il agita la sonnette de toutes ses forces.

La grosse Marie accourut.

— Votre maîtresse vient de s'évanouir, dit le vicomte; des ciseaux! et coupez vite son corset : transportons-la dans la chambre de madame Delisle pour laisser passer la crise. Ce n'est qu'une défaillance; n'avertissez point M. d'Escas; il est inutile de l'effrayer.

— Monsieur est à se promener dans son bois, répondit la grosse Marie; il n'y a pas de crainte qu'il ait entendu.

Léontine ne reprit connaissance qu'au bout d'une heure. Elle se trouva sur un lit, à moitié déshabillée. Elle éprouvait une grande fatigue et des courbatures par tous les membres, comme à la suite d'une longue marche; du reste, elle était calme, et demanda l'heure à sa femme de chambre.

Le lendemain matin, Louise était sur la route de Paris, en voiture, avec sa mère et le vicomte Armand.

XII

L'Alcôve.

Un mois après, les salons du vicomte Armand étaient pleins de fleurs, de jolies femmes et de lumière; la valse tournoyait comme une guirlande sur les parquets de mosaïque : ce n'était que joie, musique et danse. Jamais bal n'avait réuni cette affluence de riches toilettes et de belles figures : on aurait dit un choix de jeunes élégans et de femmes à la mode.

Cependant le vicomte n'avait encore dansé qu'une seule contre-danse à son bal de noces, et ses amis le trouvaient soucieux, préoccupé; ils ne savaient qu'en penser. Des groupes de complimenteurs papillonnaient autour de la jeune mariée, dont les joues s'animaient par moment d'un léger incarnat, et puis on voyait passer et repasser, parmi cette presse de fashionables, la tête blanche de M. d'Escas, qui n'était pas le dernier à courtiser la reine du bal; toutes ses manières, lorsqu'il parlait à Louise, respiraient la galanterie et l'aménité; mais un sourire étrange ne quittait pas ses lèvres, et Louise, troublée, baissait les yeux pour ne pas rencontrer ses regards.

Deux heures venaient de sonner aux pendules, et les danses commençaient à s'éclaircir. C'était dans la cour de l'hôtel un grand bruit d'équipages en mouvement, de marchepieds qui s'ouvraient et se fermaient: l'antichambre était remplie de monde qui partait, et les dames, enveloppées dans leurs pelisses, attendaient, pour sortir, que leur voiture fût au bas du perron.

Déjà le galop tourbillonnait de salle en salle, impétueux, haletant, presque échevelé: les gants blancs craquaient, les fleurs tombaient des coiffures, et plus d'un cœur de femme s'agitait sous la main du cavalier.

— Mon ami, dit M. d'Escas en s'approchant du vicomte, parbleu! je vous fais mon compliment; votre bal est délicieux, et Louise ne m'a jamais paru si charmante.

Le vicomte serra cordialement la main du vieillard.

— Mais si vous m'en croyez, mon cher vicomte, vous conseillerez tout à l'heure à votre belle-mère d'emmener sa fille, que tout ce bruit fatigue horriblement. Elle a plus que jamais besoin de repos, n'est-ce pas, vicomte? dit-il en souriant. — Puis un groupe les sépara.

— Viens, Louise, dit madame Delisle en se penchant à l'oreille de la jeune mariée; et la mère et la fille s'éclipsèrent, comme par magie, du salon.

La chambre nuptiale était meublée dans le dernier goût; partout des bronzes, des cristaux, des vases chargés de fleurs, une alcôve lambrissée de glaces et festonnée de magnifiques draperies de soie bleue, des boiserie d'acajou, de citronnier, et d'éclatantes arabesques sur les murailles.

Madame Delisle enleva le couvre-pied du lit, et disposa la couverture et l'oreiller. Louise, en entrant, fut saisie d'un frisson, et se jeta sur un canapé.

— Attends, ma petite Louise, je suis à toi, dit sa mère en allumant une bougie à la veilleuse d'albâtre qui brûlait sur un guéridon; tu peux toujours commencer à te déshabiller.

Mais Louise était près de sangloter; elle avait les deux mains jointes, et la tête penchée sur la poitrine.

— Comment, Louise, tu pleures encore? Mais vraiment, tu n'es pas raisonnable. Tu penses toujours à la même chose; allons, viens, mon enfant; lève-toi, et surtout essuie bien tes yeux: que ton mari, quand il va venir, ne s'aperçoive pas que tu as pleuré.

— Maman, c'est bien mal à moi! je l'ai trompé, e c'est vous qui l'avez voulu!... Ah! je le sens, j'aurais dû tout lui avouer;... il m'aurait pardonné, car je ne suis pas coupable! — Mais, maintenant,... il est trop tard! — Que je suis malheureuse!... Oh! je mourrai de honte à sa vue... Je suis indigne de lui!

Et la mère et la fille tombèrent dans les bras l'une de l'autre.

— Non, ma pauvre enfant, tu n'es pas indigne de lui; au contraire, il ne t'en aimera que davantage. Ton mari est un galant homme, il ne te fera pas un crime de ce qui n'est qu'un malheur: car enfin tu ne peux cesser d'être estimable à ses yeux, pour n'avoir pas su refuser à l'amant ce qui n'appartenait qu'à l'époux: sans doute, c'est une faiblesse, une faute même, j'en conviens: mais cette faute, il l'a commise avec toi; il en a sa part, et tu n'es pas seule répréhensible.

Louise pleurait toujours abondamment.

— Ne te désole pas, ma chère enfant, je t'en conjure! tu me fends l'âme! — Je connais mieux que toi le monde, et si je n'ai pas encore prévenu mon gendre, ce n'est point que je craignisse de l'irriter; mais je trouvais peu convenable de lui faire une révélation de cette nature avant le mariage. Va, j'ai mes raisons pour agir de la sorte, ma fille; suis les conseils de ta mère, qui ne veut que ton bonheur: crois-moi, laissons passer quelques jours; alors, vous n'aurez plus de secrets l'un pour l'autre, et tu lui diras tout ce que tu voudras, mais sans mystère, sans larmes surtout. Il ne se fâchera pas de ton aveu, c'est moi qui t'en réponds.

— Oh! non, ma mère, jamais je n'oserai lui faire une pareille confidence, maintenant qu'il est mon époux. Je suis innocente, je vous le jure; mais il ne voudra pas me croire!... et d'ailleurs, quand même il me croirait, il aura toujours le droit de me dire que je l'ai trompé, que j'ai menti, que c'est par une fraude abominable que je suis sa femme!... O Dieu! comment ferai-je! comment lui cacher!

— Il ne s'apercevra de rien, Louise, tranquillise-toi. Au surplus, il a bonne mémoire, il n'oublie pas si vite les dates, et ton état, ce me semble, n'a rien qui doive l'étonner. — Tu n'as donc pas confiance en moi, Louise? Au lieu de m'avouer franchement que tu as cédé par inexpérience et par faiblesse, dans un moment de délire, et que Charles, trop impatient...

— Non, ce n'est pas lui, ma mère, s'écria Louise; il a trop de noblesse dans l'âme pour avoir abusé d'une pauvre jeune fille qui se fiait à lui.

— Tu es folle, Louise, où tu n'es pas franche avec ta mère. — Que tu n'aies pas eu la force de t'arracher de ses bras, cela est possible, jeunesse est faible; mais que tu ne saches pas comment... Oh! voilà qui passe toutes les bornes!... Il est évident que c'est Charles;... vous étiez continuellement ensemble à la campagne, dans la maison, dans le parc! Charles t'apprenait le dessin, et vous restiez seuls des journées entières. — D'ailleurs, M. d'Escas pourrait au besoin parler; il m'engageait fort depuis quelques temps à surveiller vos tête-à-tête, et tu sais, Louise, qu'un jour il vous a trouvés dans le pavillon...

— Eh bien?... dit Louise avec un frémissement.

— Je me sers, Louise, de ses propres mots, vous étiez dans les bras l'un de l'autre...

— C'est vrai! s'écria Louise, comme frappée d'un trait de lumière.

— Et ses lèvres étaient sur les tiennes...

— C'est vrai! son baiser brûle encore ma bouche, son âme est encore dans mon âme!... Je ne pouvais ouvrir les yeux; mais à travers mes paupières, je voyais ses regards; oh! comme ils étaient suaves!... et j'éprouvais un calme, une félicité dont je craignais de mourir! — Je crois, vraiment, que c'est un rêve.

— Non, ma pauvre enfant, ce n'est pas un rêve, il n'en faut pas davantage; voilà tout ce que je voulais savoir. Tu es victime de ton innocence, j'en étais bien sûre, et Charles est moins excusable que toi.

— Il ne faut, dis-tu, qu'un baiser? demanda Louise avec une joie naïve; alors je ne m'étonne plus, car le sien était comme du feu, et je l'ai senti couler dans tout mon être. — Oh! que je suis heureuse! je vais tout lui dire.

— Non, ma fille; je te le répète, il n'est pas encore temps; ne fais rien sans me consulter. Demain, après-demain, nous verrons; mais nous sommes en retard, tu devrais être déjà couchée; ton mari peut venir d'un instant à l'autre : dépêchons-nous, mon enfant.

— Me voilà, maman, dit Louise en allant vers la psyché, et toute joyeuse de se voir sourire : regarde, ai-je encore les yeux rouges? S'aperçoit-on que j'ai pleuré?

— Non, ma bonne Louise; au contraire, tu es plus gentille que jamais; tes couleurs sont revenues : que je t'embrasse.

Et déjà l'heureuse mère avait détaché le bouquet de fleurs d'oranger qui parait la ceinture de Louise. Elle délaçait la jeune mariée qui n'avait plus sa robe virginale, quand on frappa deux coups timides à la porte.

— Qui est là? demanda madame Delisle.

— C'est moi, c'est Charles, répondit une voix douce et mal assurée.

— Pas encore, reprit la mère de Louise; dans cinq minutes.

— Vois-tu, ma fille, continua-t-elle, le bal est fini, et ton pauvre mari m'en voudra de le faire attendre à la porte.

Louise dénoua sa chevelure qui lui tomba sur les épaules, comme un beau manteau de velours : sa mère y passa le démêloir; puis, elle en fit deux longues tresses qu'elle replia sous le peigne et couvrit d'un élégant bonnet de tulle.

La jeune mariée souleva, non sans tressaillir, le drap du lit nuptial. A peine sa tête reposait-elle sur l'oreiller, qu'on frappa de nouveau à la porte.

— Vous pouvez entrer, mon gendre, dit madame Delisle, en tirant à moitié les rideaux de l'alcôve.

Et le vicomte ouvrit et referma la porte avec précaution ; puis, il marcha sur la pointe du pied, comme s'il eût craint d'effrayer la vierge endormie.

— Elle est couchée, mon gendre ; mais elle ne dort pas. — Allons, mes enfans, je vous laisse, bonne nuit... A demain.

Madame Delisle se pencha sur Louise, et lui donna deux baisers mouillés de larmes ; ensuite elle embrassa le vicomte, et se retira dans son appartement.

— O Louise, je suis donc près de toi!... Si tu savais combien tout ce bal me fatiguait!... Depuis six mortelles heures, je souffre. Je croyais que l'aiguille des pendules ne remuait pas. Vingt fois il m'est venu à l'idée de m'enfuir du salon, — de m'en aller, n'importe où, afin de penser à toi plus librement!

— Mon Charles, que tu es bon!

— N'est-ce pas, Louise, qu'un bal est une chose bien insipide ! Eh ! que me font à moi, toutes ces femmes belles ou laides !... Je n'ai pas besoin de leur plaire : c'est toi que j'aime, toi seule!... Et ta chevelure serait moins noire, tes prunelles moins radieuses, tes dents moins fines et moins blanches, je t'aimerais autant !... car ton âme est aussi fraîche que le souffle de tes lèvres, et tu exhales un parfum d'innocence que n'ont point les autres femmes!

— Charles ! que tu me fais plaisir de parler ainsi !... Moi qui avais peur de ne pas être assez belle pour toi!

Cependant le vicomte, tout frissonnant de bonheur, osait à peine se déshabiller ; il s'était mis derrière un rideau pour quitter ses vêtemens, afin de prolonger le plus long-temps possible cette pure et délicieuse ignorance d'une jeune fille qui pose le pied sur la couche nuptiale.

Enfin il éteignit les flambeaux, et se glissa légèrement dans l'alcôve : par un instinct de pudeur, Louise cacha sa tête sous la couverture, quand elle sentit la plume s'affaisser moelleusement; c'était le jeune époux qui venait prendre sa place auprès d'elle.

Oh! comme elle était séduisante et belle dans ce demi-jour d'alcôve, où n'arrivait que la douce lueur qui traversait l'albâtre et tombait molle et veloutée sur le visage de Louise toute rougissante. Au milieu d'un profond silence, on entendait battre deux cœurs et se mêler deux haleines. Ils se contemplaient l'un l'autre comme en extase, et sans proférer une parole...

— Louise, je suis heureux! s'écria l'ardent jeune homme en la serrant tout à coup dans ses bras.

— O mon bien-aimé!... dit-elle.

Et leurs baisers de flamme se confondirent.

— Si tu savais, Louise, combien je t'aime!... Oh! qu'il me serait cruel de mourir, maintenant que tu es à moi ! Va, j'ai bien souffert dans ma vie... Mon cœur s'est flétri et séché de bonne heure, parce qu'il ne connaissait pas l'amour ; mais tu l'as rafraîchi comme une rosée!... Je ne suis plus le même homme depuis que tu m'es apparue ; j'aime la vie maintenant! Autrefois je la détestais, et souvent j'eus l'envie de me détruire par ennui, car mon âme était profonde et vide!... J'étais seul, et parmi toutes les femmes, pas une au monde ne réalisait le songe de ma pensée : le croirais-tu, Louise ? je les méprisais presque toutes ; j'en ai vu si peu de candides ! — Mais toi, Louise, oh ! je t'adore... tu es un ange de pureté.

— Charles !... ô Charles !... dit-elle en le pressant contre sa poitrine...

Alors, ce fut un mélange de soupirs et de baisers, de plaintes étranges, de mots inconnus, une lutte mystérieuse, ineffable, pleine de prières et de cris étouffés : puis un grand silence.

. . . .

— Vous êtes enceinte, madame ! s'écrie une voix tonnante ; et le vicomte rejette bien loin de lui la couverture, et s'élance au milieu de la chambre les poings fermés.

— Grâce ! grâce ! Charles ! dit Louise à genoux sur le lit, et terrifiée.

— Vous êtes une malheureuse !... Va-t'en ! sors d'ici, ou je te brise !

Il écumait, les muscles de ses bras s'agitaient convulsivement ; des veines bleuâtres gonflaient son cou.

— Grâce !... je suis innocente ! répétait Louise blanche comme son drap, et joignant les mains ; Charles !... ne me tuez pas.

Il venait de saisir une chaise, et se précipitait vers Louise pour lui fendre le crâne.

— Je suis innocente ! criait-elle, j'en prends Dieu à témoin !...

Mais il n'entendait rien ; ses yeux flambaient, ses dents grinçaient comme une lime sur l'acier ; et *le vieillard* lui-même aurait frémi de voir cet homme presque nu, rugissant, étreindre avec une main de fer ce bras virginal qui tout à l'heure s'arrondissait comme une écharpe autour de lui.

— Eh bien ! Charles ! tuez-moi, disait-elle avec des larmes, puisque vous me croyez coupable !

Il tenait toujours la chaise en l'air ; soudain il la lança violemment contre une glace qui sauta en mille pièces.

— Oh ! murmura-t-il en s'arrachant les cheveux à pleines mains, toutes les femmes sont donc les mêmes !... des prostituées !... J'étais un grand insensé de croire qu'il y aurait une exception pour moi !

Louise, avec ses deux tresses de cheveux qui lui roulaient sur le dos jusqu'à la plante des pieds, demeurait agenouillée et suppliante : elle avait l'air de la pauvre Desdemona, lorsqu'Othello lui dit de faire sa prière !

— Pardon ! Charles !... pardon !... je voulais t'avouer tout ; mais c'est ma mère qui n'a pas voulu...

— Ainsi, tout mon bonheur, toutes mes illusions, toutes mes joies sont en ruines, continuait le vicomte en se frappant le front ; ainsi vous n'êtes qu'une misérable, une femme des rues ; et cette pudeur, cette chasteté qui reluit sur votre visage, tout cela n'est que fard et mensonge ! — C'est une grande infamie à vous de m'avoir si lâchement trompé, car je vous aimais comme on aimerait un ange !... J'étais bien aveugle ; on m'avait dit de prendre garde à moi, que je recevais dans mon lit une femme polluée ; et je n'ai rien voulu croire !... Loin de là, j'aurais étranglé de mes propres mains ceux qui me parlaient ainsi !... Mais quel est ton amant, femme ? il faut que je le sache !

— Je n'ai jamais aimé personne que vous, Charles, s'écria-t-elle ; oh ! je vous le jure ! je n'ai pas d'amant ! Non !... Charles, ne me faites pas ces yeux terribles ! Ah ! mon Dieu !...

Il se rapprochait d'elle en serrant les poings, et les cheveux hérissés :

— Vous n'avez pas d'amant ! reprit-il d'une voix sourde : et qui donc alors vous a violée, madame ?

— Je suis pourtant innocente, disait-elle, les joues ruisselantes de larmes ; je le sais bien, moi !

Son mari venait de passer un pantalon ; il marchait par toute la chambre comme un fou.

— Mais n'espérez pas jouir de votre ignoble supercherie ! Je ne suis pas encore votre époux, madame, et d'ailleurs, je vous traînerai devant les tribunaux, j'étalerai votre honte, et vous ne souillerez pas long-temps mon nom ; cet infâme mariage sera cassé ! — Malheur à vous ! malheur à votre enfant ! S'il m'appelle jamais son père, je le pilerai plutôt sous mes pieds !...

Tout à coup on frappa rudement à la porte, et la voix de madame Delisle se fit entendre,

— Grand Dieu ! disait-elle, est-ce que ma fille se trouve mal ?... Mon gendre, ouvrez-moi.

Le vicomte ouvrit sur le champ.

Madame Delisle faillit tomber à la renverse en entrant ; elle courut vers Louise.

— O ma mère ! dit Louise, vous m'avez perdue !...

— Mais que signifie tout cela mon gendre ? demanda madame Delisle avec un tremblement dans la voix, en se tournant vers le vicomte qui la regardait, l'écume aux lèvres et les bras croisés.

— Vous me le demandez, madame ! répliqua celui-ci, vous avez l'audace de me le demander, quand vous m'avez pris dans un piége infernal, quand vous m'avez donné pour épouse une créature indigne et souillée, dont je ne voudrais pas pour concubine, la prostituée de je ne sais qui, une femme enceinte !

— Monsieur, vous en avez menti, s'écria la mère de Louise, je ne vous ai pas trompé : c'est vous qui l'avez séduite, cette pauvre innocente qui ne se défiait pas de vous. Elle était pure et vierge comme l'enfant qui vient de naître ; elle ne songeait pas au mal, et c'est vous qui l'avez profanée, quand vous n'aviez aucun droit sur elle !

— Moi, madame ! Osez-vous bien dire que c'est moi ?... Ah ! je la respectais comme une chose sacrée ! J'avais peur de toucher sa robe !... et vous dites... Ne répétez point cela, madame, car je ne suis point maître de moi.

— Croyez-vous donc m'effrayer avec ces menaces ? continua madame Delisle en entourant sa fille de ses deux bras, comme pour la protéger. Oui, vous avez suborné cette enfant, c'est vous qui l'avez rendue mère ; et maintenant vous niez, vous l'accablez des noms les plus odieux, les plus injustes... Allez, vous n'êtes pas un galant homme !

— Assez, madame !... Demain, vous sortirez de mon hôtel avec votre fille, et vous irez où bon vous semblera. A compter de ce jour, il n'y a plus rien de commun entre nous.

— Quoi ! monsieur, vous auriez l'impudeur, la lâcheté de me soutenir en face, à moi, sa mère, que vous n'avez pas anticipé sur vos droits d'époux, et que Louise est enceinte d'un autre !... Mais songez-y, je vous forcerai bien à baisser les yeux, à vous démentir en plein tribunal, si vous portez atteinte à la réputation de ma fille. J'ai des preuves ; il y a des témoins ; songez-y, je pourrai dire au besoin le jour, l'heure,... l'endroit : M. d'Escas est un homme d'âge, il est croyable, j'espère !... Eh bien ! lorsqu'il dira devant les juges, lui vieillard en cheveux blancs, lorsqu'il dira : « Je l'ai vu ; j'étais là. » Répondrez-vous : « Ce n'est pas vrai ? » — Je vous pénètre ; je vois clair dans vos intentions : vous n'aimez plus ma fille ; après l'avoir déshonorée, vous en êtes las. Elle n'est point, sans doute, assez riche pour vous, assez belle ; vous avez de plus hautes prétentions, et vous cherchez un prétexte pour rompre ce mariage. Mais, je vous le répète, monsieur, vous n'y parviendrez pas, et vous serez un malhonnête homme.

— Charles, au nom du ciel ! disait Louise, ayez pitié de moi ; ne me chassez pas.

La colère du vicomte parut s'apaiser ; il fit quelques pas dans la chambre avant de répondre. Sa figure était plus calme, mais son cœur était plein d'orage. En proie à deux sentimens bien opposés, le désir de la vengeance et la crainte du ridicule, il ne savait comment faire pour les concilier; il les trouvait incompatibles.

— Cette misérable, il faut que je la jette hors de chez moi, pensait-il ; car, d'un moment à l'autre, je lui briserais le ventre à coups de pied. Je l'empêcherai bien de porter mon nom et de salir plus long-temps ma couche. Oh! je n'en doute pas, la fourberie est trop visible; on cassera le mariage... Oui! mais que diront mes impitoyables amis qui se vanteront de m'avoir prédit mon sort?... Et moi qui leur parlais de cette malheureuse femme comme d'un ange de lumière, d'une femme à part!... Ils riront bien à mon procès... Comme il feront des gorges chaudes!... Epouser une femme enceinte!... et je serai bafoué, honni, vilipendé!... Non!... oh! non.

Louise, pâle et défaite, avait l'air d'attendre son arrêt.

— Du courage, ma fille ; il se calme.

Enfin, il rompit le silence :

— Madame, vous resterez avec moi; j'ai mûrement réfléchi, je vous épargnerai le scandale et la honte d'un procès qui nous humilierait tous deux. Nous serons toujours mari et femme, et votre enfant sera le mien...

— Merci! Charles! s'écria Louise, avec une joie douloureuse; combien vous êtes généreux!

— Ce n'est pas de la générosité, madame, je ne vous en dois pas; c'est un calcul. Je veux au moins conserver la seule chose précieuse qui me reste, mon honneur ; et je ne pourrais pas vous jeter dans la boue sans m'éclabousser. Vous seriez couverte de mépris, et moi de ridicule; l'un ne vaut pas mieux que l'autre. Sans doute, c'est un grand supplice de vivre face à face avec une femme... comme vous, et d'avoir pour fils le bâtard de je ne sais qui!... Mais c'est un supplice intérieur, on souffre en cachette, l'on n'étale ses plaies devant personne. Ce que je crains par dessus tout, c'est la pitié, la pitié cruelle et goguenarde qui vous plaint en ricanant! Ainsi, madame, nous continuerons à vivre ensemble; je ne me sens point la force de braver le monde, j'ai malheureusement des préjugés. Nous serons comme sur un théâtre et vous n'oublierez jamais qu'on nous regarde; vous m'appellerez votre mari, je vous dirai — ma femme, et je serai le père de votre enfant : je tâcherai de bien apprendre mon rôle; vous, madame, pensez au vôtre.

— Vous tuez ma fille, monsieur, mais vous aurez des regrets plus tard.

— Peut-être, madame, reprit sèchement le vicomte.

— Et vous reviendrez à des sentimens de justice, continua la mère de Louise.

— En attendant, madame, je vous prie de retourner dans votre appartement; nous passerions la nuit en conversations, et je désire être seul avec *ma femme*.

— Non, monsieur, je ne laisserai pas ma fille en butte à vos mauvais traitemens; vous êtes capable de la tuer dans un accès de frénésie, et je reste ici pour la défendre.

— Soyez tranquille, madame, je suis de sang-froid maintenant, le mépris étouffe la colère ; je ne toucherai pas à votre fille ; si j'avais dû la tuer, ce serait déjà fait.

— Adieu! ma pauvre Louise, dit madame Delisle en la couvrant de baisers maternels, il faut nous séparer, mais ne crains rien ; je serai là,... tu m'appellerais.

Louise jeta ses deux bras au cou de sa mère et ne trouva que des larmes pour lui répondre. Ensuite le vicomte salua froidement madame Delisle qui se retira, non sans tourner plusieurs fois ses regards vers l'alcôve.

— Recouchez-vous, madame, et dormez si vous pouvez, dit le vicomte en fermant les rideaux du lit ; puis il remua la braise avec les pincettes ; mit plusieurs bûches au feu, et s'assit devant la cheminée, la tête dans ses mains, les pieds sur la boule de cuivre des chenets.

Depuis plus d'une heure il était là sans faire un mouvement ; on aurait pu le croire endormi, car il ne relevait pas un tison enflammé qui commençait à charbonner le parquet.

Sa respiration était rauque, saccadée, et durant toute la nuit, une voix faible et dolente murmura derrière les rideaux de l'alcôve.

XIII

Les deux Dominos.

Le lendemain des noces, tous les amis du vicomte souriaient de sa pâleur, de son air fatigué, et le plaisantaient plus ou moins spirituellement ; mais chacune de leurs pointes, bonne ou mauvaise, pénétrait comme un dard de serpent jusqu'au fond de son cœur. La nouvelle mariée prêtait surtout merveilleusement aux commentaires, car jamais plus de langueur et d'abattement n'avait décoloré sa physionomie, ses lèvres étaient blanches comme un linge ; ses grands yeux, ordinairement si vifs, si pleins de flamme, étaient comme des lampes qui s'éteignent ; un cercle bleuâtre se dessinait à l'entour. Elle avait de la peine à marcher.

Il était midi, et le vicomte Armand se promenait sombre et taciturne, dans sa bibliothèque, lorsque son valet de chambre annonça M. d'Escas.

— Eh! bonjour, mon cher vicomte, dit le vieillard en lui secouant la main, et tout rayonnant de gaîté ; parbleu ! je ne m'attendais guère à vous trouver debout ; vous avez déjà fait votre toilette ! Ma foi! pour un mari d'hier, vous êtes sur vos jambes de bonne heure.

— Je pensais justement à vous, mon cher monsieur d'Escas, répondit le vicomte qui lui prit une seconde fois la main ; je suis bien aise que vous veniez. Dans la peine comme dans la joie, on a besoin de voir ses amis, surtout lorsqu'on a le bonheur d'en posséder un tel que vous.

— Ah ! maintenant que vous êtes marié, vicomte, vous allez mettre un peu de côté vos amis ; j'en ai peur, et je ne vous en ferai pas de reproches, car l'amour passe avant l'amitié, et l'on n'est pas toujours dans la lune de miel. Au surplus, vous avez pour femme une divine créature ; c'est un bijou, une pierre précieuse que vous avez trouvée là. Plus vous la connaîtrez, et plus elle vous paraîtra bonne, douce, ravissante. Je parie que vous l'appréciez déjà mieux qu'hier, et que vous avez découvert en elle plus d'une qualité dont vous ne soupçonniez pas encore l'existence ?

— Oh ! oui, je suis le plus heureux des hommes, reprit le vicomte d'un air contraint, et se mordant les lèvres.

— Et vous n'auriez pas voulu mourir hier soir, ajouta M. d'Escas, j'en suis bien sûr ; le plus beau jour de votre vie, c'est la nuit dernière. Je gage, mon cher vicomte, que vous n'avez guère dormi !

— Guère, c'est vrai, dit le vicomte avec un accent de profonde tristesse, qui réjouit délicieusement l'âme du vieillard ; mais si vous saviez comme je suis content de vous voir, mon bon, mon digne monsieur d'Escas ! J'espère bien que vous allez rester quelques jours à Paris, n'est-ce pas ?

— Et que dirait ma femme ? répondit M. d'Escas ; que ferait-elle sans moi, cette pauvre amie ? Elle mourrait de chagrin, toute seule, dans une maison de campagne, où l'on ne voit pas un chat. Non, mon cher vicomte, je venais vous faire mes adieux, car je repars tout à l'heure pour Fontainebleau ; ma voiture est en bas qui m'attend.

— Mais il me semble que vous pourriez remettre ce voyage à demain : il est bien tard, et vous n'arriveriez qu'à la nuit. Allons; restez à dîner avec nous, vous nous ferez plaisir.

— C'est de toute impossibilité, mon ami, je vous en donne ma parole ; j'ai promis à ma femme de revenir immédiatement après le mariage : vous sentez qu'elle est impatiente de nouvelles; elle vous porte un si grand intérêt ! Ah ! mon cher vicomte, tout ce que je vous souhaite, c'est d'avoir une femme comme la mienne, et d'être aimé comme je le suis. Voyez, elle est malheureuse, cette bonne Léontine, quand je m'absente deux jours ; c'est la vertu même, c'est la perle des épouses ; absolument comme Louise.

— Je suis fâché, mon vieil ami, que vous nous quittiez si tôt, car j'ai plus que jamais besoin de vos conseils ; mais vous ne tarderez pas sans doute à revenir à Paris ?

— Je ne crois pas y revenir avant trois ou quatre mois, repartit M. d'Escas en prenant sa canne à pomme d'or et son chapeau ; je suis vieux maintenant, et je commence à m'apercevoir que la route est longue; quinze lieues en voiture, c'est fatigant : et puis cette chère Léontine, elle s'ennuie trop, quand je ne suis pas auprès d'elle ; à la bonne heure, si elle pouvait m'accompagner à Paris ; mais il ne faut pas y penser, elle nourrit, et la voiture l'incommode au dernier point.

— Allons, adieu, mon cher vicomte; continuez à être heureux.

— Un instant, je vous conjure, dit le vicomte en retenant le vieillard qui s'acheminait vers la porte, j'ai besoin de vos conseils et de votre expérience, surtout de votre amitié.

— Parlez, mon ami, parlez, répondit M. d'Escas en lui donnant une poignée de main, vous pouvez compter sur mon amitié, comme moi sur la vôtre.

— Il s'agit d'un secret, et c'est à vous seul que j'ose le confier; d'un secret d'où mon bonheur et ma vie dépendent : je n'ai pas besoin de vous recommander le silence, vous êtes mon ami, et je n'ai rien de caché pour vous.

M. d'Escas remit sa canne et son chapeau sur la table, et se rassit :

— C'est une marque d'estime, mon cher vicomte, je tiens à vous prouver que j'en suis digne. Maintenant parlez, je vous écoute.

— Vous savez que j'aime Louise depuis long-temps, que jamais passion ne fut plus ardente que la mienne; vous savez enfin ce que c'est que l'amour d'un jeune homme...

— Oh ! certainement, interrompit M. d'Escas, en frappant sur l'épaule du vicomte, c'est une lave brûlante, un torrent débordé, un tigre en fureur, comme disait mon professeur de rhétorique, il y a de cela quelques vingtaines d'années; j'étais jeune alors, et je définissais l'amour beaucoup mieux que mon professeur ; mais, pardon, continuez.

— Eh bien ! ajouta le vicomte, votre professeur avait raison, car je ne connais rien de plus brûlant, de plus débordé, de plus en fureur que l'amour d'un jeune homme ; il n'y a pas moyen de le retenir, et lorsqu'une fois il vous entraîne, alors... on ne sait pas où l'on s'arrête. J'en suis la preuve ; moi qui vous parle, mon ami, j'ai trop présumé de mes forces, et le courant m'a emporté plus loin que je ne voulais. A vrai dire, c'était ma première passion ; je n'avais jamais aimé que des lèvres, et je ne savais pas avoir un cœur, les femmes ne l'avaient jamais fait battre. Mais dès que je vis Louise, oh ! je fus un autre homme! et je l'aimai !...

— Vous n'avez pas besoin de me le dire, mon cher vicomte, interrompit le vieillard ; je le sais de reste.

— Je la voyais tous les jours, à toute heure, et je puisais continuellement dans ses regards le feu qui me dévorait... Oh ! mettez-vous à ma place, mon ami; rappelez-vous ce que c'est qu'un désir, lorsqu'on a l'imagination bouillonnante comme le sang; lorsqu'on aime une belle jeune fille qui vous aime, et qu'elle se livre à vous dans toute la virginité du corps et de l'âme, au milieu du gazouillement des oiseaux et du murmure des feuilles!... — Alors,... alors, mon vieil ami, comment faire pour être sage?

— Impossible, répondit gravement M. d'Escas; saint Antoine lui-même y succomberait.

— Eh bien! continua le vicomte, j'ai succombé; la tête me tournait, je n'y voyais plus clair; ce ne fut qu'une seconde, mais ce fut trop.

— Ah! c'est donc cela? dit M. d'Escas en refoulant dans sa gorge un rire sourd qui râlait comme une toux; n'étiez-vous pas dans ce pavillon, au bout du parc?...

— Oui, mon excellent ami; pourquoi n'êtes-vous pas venu un peu plus tôt? — Ma femme est enceinte...

— De trois mois? répliqua M. d'Escas, sans paraître étonné.

— Comment!... vous le saviez?... dit le vicomte, dont la physionomie s'altéra tout à coup.

— Je m'en doutais, répondit le vieillard.

— Mon vieil ami, je donnerais dix ans d'existence, pour que cela ne fût pas; non que Louise mérite le plus léger reproche; elle m'a cédé par innocence, et le mariage sanctifie tout: mais le monde est injuste; il ne regarde jamais qu'à la superficie, et la réputation d'une femme tient à si peu de chose!.... Je serais désolé qu'un autre que vous connût la grossesse de Louise; et, comme vous êtes mon ami dans tout la force du terme, je compte sur vous pour m'aider à la cacher.

— Je vous approuve fort, vicomte, et même, si vous m'en croyez, vous n'attendrez pas que la chose devienne évidente, et vous partirez sans bruit avec Louise pour la campagne, où vous n'aurez pas d'amis haineux et médisans qui viendront chaque jour observer si la taille fine de Louise est plus ronde.

— O mon cher monsieur d'Escas, j'ai des amis bien cruels, et qui ne respectent rien; ils ne perdraient pas une aussi belle occasion de s'amuser à mes dépens; que sais-je moi? Dans leurs orgies, ils diraient mille horreurs sur mon compte... Ils m'en veulent de m'être marié, et vous savez qu'une bouche de calomniateur suffit pour déconsidérer toute une famille!

— Sans nul doute, répartit M. d'Escas, rien n'est fragile comme l'honneur d'un mari, d'un père surtout...

— La maison de M. Saint-Clair est toujours à vendre? demanda le vicomte qui mit son mouchoir devant sa figure; une rougeur subite venait de lui monter aux joues.

— Oui, répondit le vieillard, et vous ferez bien de l'acheter; seulement je vous engage à vous presser, car elle va se vendre d'un moment à l'autre. Vous savez le prix, il est raisonnable, et si vous désirez, demain, je conclurai définitivement le marché. J'espère obtenir une assez forte diminution.

— Vous me rendrez un grand service, mon ami; c'est une corvée que je vous donne, mais je suis persuadé que vous la ferez pour moi de bon cœur. Dès que la maison m'appartiendra, j'irai vous rejoindre à Fontainebleau, et j'y resterai jusque après l'accouchement de Louise. Je serai censé faire un voyage avec elle dans le Midi; je ne verrai personne que vous, et, de cette manière, la réputation de Louise ne court aucun risque.

— A merveille! dit M. d'Escas, et dans six mois vous serez le père d'un énorme gaillard que vous pourrez envoyer en nourrice; j'aimerais pourtant mieux que ce fût une fille, car nous la marierions à mon Charles, et cela ferait ce qu'on appelle un mariage assorti. — Ainsi, mon cher vicomte, reprit-il en se levant, c'est une chose arrangée; vous serez demain, avant midi, propriétaire d'un vrai manoir, où vous pourrez chasser le faisan, car, il s'en échappe continuellement de la forêt, et nous ferons des expériences de chimie; je vous en apprendrai quelques unes, auxquelles vous ne vous attendez guère. Allons, je vais embrasser ma jolie cousine, si toutefois vous me le permettez... mais vous n'êtes pas jaloux.

— Comment le serais-je d'un ami! répartit le vicomte en lui serrant la main.

— D'un ami en cheveux blancs, n'est-ce pas? reprit le vieillard d'un air sardonique; eh! eh! ceux-là sont quelquefois les plus dangereux, on ne se défie pas d'eux, jeune homme.

Mais le vicomte ne vit dans cela qu'une plaisanterie de vieillard contre les jeunes gens, et ne se formalisa point du sourire malicieux de M. d'Escas. Il le conduisit dans l'appartement de sa femme, et fut pour elle plein d'attentions, comme tous les maris un lendemain de noces; mais les yeux de Louise étaient gonflés de larmes, et M. d'Escas sut qu'en penser; il ne fut pas la dupe des beaux semblans du vicomte, et ses regards se tournaient brillans de joie vers ce lit, où s'était jouée quelques heures auparavant la plus effroyable scène conjugale qui jamais ait eu lieu derrière les rideaux d'une alcôve. Oh! toute sa fortune, il l'aurait donnée pour être à plat-ventre sous la couche nuptiale, et jouir de la rage et des tortures de l'homme qu'il abhorrait.

Cependant la santé du vicomte Armand s'altérait à vue d'œil; lui, toujours si frais, si bien portant, il maigrissait, et son teint devenait plombé, livide; ses amis avaient de la peine à le reconnaître, et lui conseillaient tous, en riant, d'être sage. On remarquait aussi que la jeune mariée avait les yeux creux et cernés, la respiration haletante; et la chronique scandaleuse des salons attribuait leur dépérissement à trop d'amour. Quelquefois le vicomte passait toute une journée sans voir sa femme; il restait seul jusqu'au soir à se promener silencieusement dans sa bibliothèque, après avoir fermé les volets pour être dans l'obscurité; mais il ne voulait pas encore faire lit à part, et couchait avec Louise sans lui dire un mot de toute la nuit. Néanmoins, lorsqu'il recevait des visites, il était charmant pour sa femme, il la comblait de soins, d'égards et de jolis noms; on disait partout qu'ils étaient fous l'un de l'autre.

Un jour le vicomte rentra chez lui, la figure toute décomposée; il s'enferma dans sa bibliothèque, et, jetant son chapeau et ses gants par terre, il marcha cinq minutes, les bras croisés, et tomba comme anéanti sur un fauteuil. Des mots entrecoupés s'échappaient de sa bouche.

— Quoi! disait-il, je ne pourrai plus faire un pas sans entendre rire!... sans être montré au doigt! — Je les rencontre partout, mes amis, ils le font exprès; ils me cherchent...ils me parlent toujours de ma femme avec un air!... Oh! je me couperai la gorge avec eux!... Pourtant, comment savent-ils?... Qui leur a dit?... ils l'ont donc vu sur mon visage?... Mais, non, c'est impossible! ils ne savent rien... à moins que l'infâme n'ait tout dit par vanité... Ah! qu'il vienne me le dire à moi!... je piétinerai sur son cadavre!...

On frappa légèrement à la porte.

— Qu'est-ce encore? demanda-t-il d'un ton brusque.

— Monsieur le vicomte, c'est une lettre pressée, répondit le valet de chambre en entr'ouvrant la porte.

— Donnez, reprit le vicomte impatienté, et ne laissez monter personne.

Il ouvrit la lettre, chercha la signature, et n'en vit point.

— Ah! s'écria-t-il, en chiffonnant la lettre dans ses mains, c'est une affreuse machination!... Mais, ai-je bien lu?... Voyons.

Et voilà ce qu'il relut :

« Monsieur le vicomte,

» Je m'intéresse particulièrement à vous, et j'ai beaucoup de choses à vous apprendre. Trouvez-vous ce soir au bal masqué de l'Opéra; j'y serai de minuit à deux heures, et je vous parlerai de votre femme. Je m'engage à vous montrer le *quidam*.

» VOTRE MEILLEUR AMI. »

— Je n'ai donc plus qu'à me brûler la cervelle, pensa le vicomte; mon déshonneur va s'ébruiter !... N'importe, j'irai à ce bal !... et les rieurs paieront pour le coupable !... Mais cette lettre anonyme n'est peut-être qu'une mystification, rien de plus... Oui ! c'est l'ouvrage de quelque femme désappointée... d'une ancienne maîtresse qui ne me pardonne pas de l'avoir laissée là !...

Puis, il examinait l'écriture mot par mot, lettre par lettre; mais il ne la reconnaissait pas et s'égarait dans mille et mille conjectures qui n'aboutissaient à rien. Il se fâcha lorsqu'on vint l'avertir pour le dîner, et ne bougea point de sa bibliothèque; la tête appuyée sur les deux coudes, il relisait continuellement ce billet et l'arrosait de larmes.

Enfin, lorsque sa pendule sonna onze heures, tout pâle et les cheveux en désordre, il s'échappa de son hôtel, à pied, et courut à l'Opéra, dont les portes n'étaient pas encore ouvertes; mais les voitures arrivaient en foule, et s'accrochaient devant le péristyle du théâtre. C'était un affreux concert de cris et de rires, où dominaient les jurons sonores des cochers; on se pressait déjà sous le vestibule, et les bureaux étaient encombrés d'une masse vivante qui se cramponnait avec toutes ses mains aux barrières de bois qu'on entendait craquer.

Par bonheur les portes s'ouvrirent, et soudain un torrent d'hommes et de femmes se précipita dans la salle, mélange de filles publiques et de modistes qui venaient chercher des dupes et de l'argent. Ce n'était pas encore l'heure du beau monde.

Bientôt commença la sempiternelle promenade des dominos qui montaient de la salle au foyer, du foyer aux loges, et descendaient pour remonter : on aurait dit la promenade des ombres. Les femmes, empaquetées dans cet horrible surtout qui leur descend jusqu'au talon, n'avaient plus forme humaine, ni taille, ni tournure, rien ! Un épouvantable masque noir couvrait leur visage; il n'y avait plus alors ni jeunes, ni vieilles, ni laides, ni belles; elles ressemblaient toutes à des sacs de charbonniers ambulans. Et cependant l'Opéra flamboyait; partout des lustres, des candélabres, un déluge de clarté; on aurait pris ces dominos pour des hiboux au grand soleil.

Le vicomte parcourait le théâtre d'un bout à l'autre; il était soucieux et morne. A chaque moment, il se trouvait face à face avec des amis qu'il ne pouvait pas éviter, et qui lui demandaient tous des nouvelles de la mariée; il croyait démêler dans leurs regards une intention secrète de le railler, et plus d'une fois il fut sur le point d'entrer en fureur. Son nom résonnait continuellement à ses oreilles; des femmes masquées l'appelaient en passant près de lui; d'autres s'accrochaient à son bras et l'accablaient de reproches; on le traitait d'ingrat, de parjure, de volage, et l'on finissait par lui promettre un entier pardon, s'il revenait au bercail; c'étaient d'anciennes maîtresses laissées de côté, qui se disputaient le vicomte Armand comme une riche proie à dévorer; mais il leur tournait le dos avec humeur, et leur secouait tellement le bras, qu'elles étaient forcées de lâcher prise.

— Oh ! comme il est changé à son désavantage, disaient-elles. Fi, Charles ! ce n'est pas bien... Vous n'avez pas toujours été si fier, monsieur le vicomte, et l'on vous a vu plus galant.

Le vicomte errait dans tous les corridors, puis il retournait au foyer, dans la salle, tirant sa montre à chaque pas, lorgnant à droite et à gauche.

Il commençait à se croire mystifié, et se repentait d'avoir été courir à l'Opéra, au lieu de jeter la lettre au feu et de n'y plus penser; mais il ne pouvait se déterminer à quitter le bal, un intérêt trop fort l'y retenait.

Tout à coup il entend prononcer son nom derrière lui ; il se retourne et voit qu'un domino lui fait signe.

Ce personnage masqué, de moyenne taille, donne le bras à un autre domino gigantesque d'une carrure extraordinaire.

— Un mot, vicomte, dit le premier, dont les yeux luisent comme des charbons dans les trous du masque.

— Qu'as-tu à me dire, explique-toi vite, répond le vicomte, croyant avoir affaire à quelque maîtresse désappointée, je n'ai pas le temps d'attendre, il faut que je m'en aille.

— En effet, beau vicomte, reprit le petit domino en s'appuyant à son bras, tu seras grondé par madame, si tu ne rentres pas bien vite. Voilà ce que c'est que d'être marié.

— Si tu n'as rien de plus intéressant à me dire, beau masque, bonsoir ; je ne suis pas en train de bavarder.

— Tu ne sais donc pas qui je suis, vicomte?

— Je n'ai pas envie de le savoir ; tout ce que je te demande, c'est de me laisser, et d'aller chercher des intrigues ailleurs!

— Vicomte, tu ne crains donc pas que ta femme ne fasse une écorchure au contrat, pendant que tu flaires les bonnes fortunes à l'Opéra? Prends garde à toi, mon cher, c'est moi qui t'en prie ; madame la vicomtesse a de grands yeux noirs qui disent beaucoup de choses, et l'on pourrait bien dénicher ta colombe, si le mal n'est pas déjà fait.

Et le domino serra plus étroitement le bras du vicomte ; un rire étouffé s'entendit.

— Je te connais vieille folle, dit le vicomte dont la bile commençait à s'échauffer ; ta voix chevrotante et rauque te dénonce, et tu n'es pas assez déguisée.

— Es-tu bien sûr de me connaître, vicomte? En tout cas, moi, je te connais.

— Tu ne peux être que la femme du diable, répliqua le vicomte, en voulant dégager son bras de celui qui le retenait, et tu ferais mieux de rester en enfer que de venir flâner au bal de l'Opéra.

— C'est pour toi que je suis venue, jeune et brillant Faublas ; c'est moi qui t'ai donné rendez-vous.

— Quoi! cette lettre anonyme?

— Est de ma griffe, ajouta le masque dont les prunelles flamboyèrent comme celles d'un chat-tigre.

— Eh bien, que me voulais-tu?...

— Je suis amoureuse de toi, vicomte, et je voulais te faire une déclaration.

— Allons, parle, et trêve aux plaisanteries, dit le vicomte qui se penchait sur le domino pour découvrir une boucle de cheveux, ou seulement la couleur d'un seul ; mais pas un cheveu ne sortait du masque, et les yeux ne brillaient, pour ainsi dire, qu'à travers des trous de vrille. Quant aux mains, elle étaient couvertes de gants fourrés, sous lesquels on pouvait à peine les sentir ; et les pieds disparaissaient presque entièrement sous la robe longue et traînante.

— J'en suis fâchée, mon Adonis ; mais je t'aime passionnément, et je veux faire ton bonheur...

— Vous êtes un homme, interrompit le vicomte irrité, je ne suis pas d'humeur à rire, je vous en préviens, et je ne vous conseille pas d'être insolent.

— Vous avez tort de vous fâcher, mon beau monsieur, continua l'inconnu d'un ton railleur..... Je viens te rendre un grand service, et tu me remercieras, vicomte... Tu as une femme charmante, comme je te disais tout à l'heure, une brune magnifique ; mais elle m'a l'air d'une gaillarde.

— Vous tairez-vous, monsieur, cria le vicomte rouge de colère, ou je secouant rudement; vous m'insultez encore, je verrai bien qui vous êtes, et je soufflelterai vos joues à nu.

— Pas d'emportement, vicomte; vous avez beau grincer des dents, écarquiller vos yeux d'une manière atroce, et gesticuler comme un démoniaque, je n'ai pas peur; gardez vos moyens, vous en aurez besoin tout à l'heure. — Nous disions donc que madame la vicomtesse Armand est la vertu personnifiée, témoin le gros poupard qu'elle vous confectionne, et qui sera tout prêt dans cinq ou six mois.

— Impudent! s'écria le vicomte qui se précipita sur le domino pour lui arracher son masque; mais le grand personnage muet étreignit d'une main les deux mains du vicomte, et rentra dans son impassibilité.

— Tu n'es pas honnête, jeune homme, reprit son interlocuteur; tu devrais savoir qu'au bal on ne démasque jamais les dames: pour un noble, un fashionable, tu as bien mauvais ton. Adieu, puisque tu ne veux point m'entendre jusqu'au bout; je t'aurais appris quelque chose que tu serais enchanté de savoir;... je te souhaite une bonne nuit.

Puis il tourna brusquement les talons; mais le vicomte le retint par sa manche flottante, et l'obligea de s'arrêter.

— Non, vous parlerez, dit-il; je veux savoir absolument qui vous êtes; vous m'avez offensé, et vous me rendrez raison.

— A la bonne heure, vicomte; vous m'appelez en duel, et j'ai le choix des armes; je ne me bats ni à l'épée, ni au sabre, ni au pistolet; mais je n'en tue pas moins pour cela, vous verrez plus tard. — Au surplus, je ne sais vraiment pas quelle mouche vous pique; je me suis donné la peine de vous écrire, pour vous tirer une furieuse épine du pied. Je suis votre ami, cher vicomte; depuis que vous êtes marié, vous passez des nuits diaboliques sur la paillasse conjugale, et pourtant, vous êtes en plein dans la lune de miel. Avouez que vous n'auriez pas cru savourer si tôt les délices de la paternité?...

Le vicomte serra les poings, et fit un geste menaçant.

— Encore?... ajouta le mystérieux personnage avec un rire; je vais vous laisser, et rengaîner mon secret.

— Vous êtes un calomniateur, monsieur, le dernier des misérables!... Et si vous ne me prouvez pas sur l'heure tout ce que vous avancez, je vous mettrai le pied sur la bouche pour vous faire taire.

Déjà la foule, attirée par le bruit, s'attroupait en cercle autour d'eux: les uns prenaient parti pour le vicomte, les autres pour le domino:

— On n'arrache pas le masque, disait-on; nous ne le souffrirons pas. — Tiens, c'est le vicomte Armand. — C'est une de ses maîtresses. — Il n'entend plus les railleries, maintenant qu'il est marié. — Comme il est pâle.

— Pas d'esclandre, monsieur, continua le vicomte, venons dans une loge, et je vous écouterai.

Il saisit le bras de l'homme en domino toujours accompagné du grand muet, et tous les trois entrèrent dans une loge dont le vicomte eut soin de lever la grille, puis il prirent chacun un siége.

— Vous aimez votre femme, n'est-ce pas, vicomte? Parlons sans nous échauffer.

— Que vous importe?... où voulez-vous en venir?...

— Un instant! vous l'aimez?... Dites.

— Vous n'êtes pas en droit de m'adresser une pareille question, monsieur; mais enfin, puisque vous paraissez y tenir, je vous répondrai que je l'aime.

— Eh bien! monsieur l'aime beaucoup aussi, continua le domino en frappant sur l'épaule de son camarade immobile; vous êtes deux pour aimer madame, n'est-ce pas, monsieur?...

Le domino colossal baissa la tête affirmativement.

— Décidément, s'écria le vicomte avec un tremblement convulsif dans tous les membres, vous voulez me pousser à bout !...

— Relisez ma lettre, vicomte ; je vous avais promis de vous montrer l'heureux mortel qui partage en frère avec vous ; — le voici. N'est-ce pas, monsieur?

Le muet fit encore un signe de tête.

— Oh ! c'en est trop !... et le vicomte se jette, la bouche écumante, sur le petit homme, et s'efforce d'enlever son masque retenu par derrière avec des courroies solides ; mais il se déchire les doigts aux boucles, et le géant lui pose deux lourdes mains sur les épaules, et l'oblige à se rasseoir.

— Ah! vicomte ! tu croyais avoir trouvé la pie au nid ; mais tu n'es pas exempt de la loi commune. Au tour des célibataires, maintenant que le vicomte Armand est marié ; il faut bien que ceux qui n'ont pas de femmes empruntent celles des autres. C'est comme a fait monsieur.

Le colosse baissa plusieurs fois la tête.

— Vous en avez menti par la gorge, tous les deux, répartit le vicomte en se relevant comme pour s'élancer encore sur le petit domino ; mais le grand le fit bien vite rasseoir. — Je vous défie de me donner une preuve !...

— Patience, mon cher vicomte ; vous êtes bien pressé, laissez-nous le temps de fouiller dans nos poches. — Ainsi, fier Lovelace, te voilà père de famille ; il n'y a qu'un léger inconvénient, c'est que tu n'es pas le père de ton enfant...

— Vous êtes deux infâmes ! s'écria le vicomte dans un transport de fureur indicible, et vous n'avez pas le courage de soutenir vos infamies visage découvert.

— Mais, sois tranquille, noble vicomte, ton enfant sera bien constitué ; tu ne crains pas qu'il soit tortu, bancal, chétif ; je te promets un fameux luron, car le père est monsieur qui ne dit mot, et n'en pense pas moins.

Et le capuchon noir du grand domino s'inclinait gravement ; c'était comme un automate qui plie la tête au moyen d'un ressort.

— Ne trouves-tu pas vicomte, qu'un pareil gaillard mériterait bien d'être incorporé dans ton régiment de cuirassiers ? Regarde un peu quelles épaules, quelle poitrine ! Va, tu seras content de lui ; ta femme ne pouvait certainement pas mieux choisir.

— Tout cela n'est qu'une ridicule intrigue de bal masqué, dit le vicomte dont les dents claquaient de rage, je n'en crois pas un mot, et vous seriez bien embarrassé de fournir la moindre preuve ; mais vous ne m'échapperez pas, je finirai par découvrir qui vous êtes, et nous réglerons nos comptes ; vous me paierez avec du sang !

— Oui, je te paierai ma dette, vicomte ! dans six mois l'échéance. — Tu n'as pas à te plaindre, depuis le temps que tu chasses frauduleusement sur les terres d'autrui !... Maintenant on peut braconner sur les tiennes. — Récapitule un peu dans ta mémoire toutes les femmes mariées que tu as séduites, — tous les époux que tu as trompés, salis !... toutes les familles où ton libertinage a glissé des bâtards !... C'est à faire frémir !... Mais tu avais raison de mépriser les femmes comme la boue des rues ; elles ne valent pas mieux les unes que les autres : la seule différence, c'est qu'ordinairement, pour tromper leurs maris, elles attendent qu'elles soient mariées, tandis que la tienne n'a pas attendu le lendemain des noces ; elle est arrivée grosse dans ton lit...

— Qui t'a dit cela ?... interrompit le vicomte d'une voix rauque.

— C'est monsieur. — Il est à même de le savoir, puisqu'il a joui des droits du seigneur, sans être noble toutefois : du reste, c'est un roué fini, jamais il n'en fait d'autres ; pas une femme qui lui résiste ; il vient à bout des plus vertueuses ; témoin la tienne ; tu verras, un de ces matins, le beau blond; il est charmant, délicieux, demande plutôt à madame la vicomtesse.

Aussitôt, le vicomte, exaspéré, saisit le petit homme à la gorge. Il l'aurait étranglé, si l'Hercule n'eût presque broyé de ses doigts de fer les mains plus délicates du vicomte.

Le petit homme poussa des rires sourds et catarrheux.

— Puisque notre colonel veut absolument une preuve, il faut bien le satisfaire; nous pourrions passer pour de mauvaises langues. — Montrez, monsieur, la jolie mèche noire qu'on vous a donnée en souvenir; vous avez juste de quoi faire une bague.

Le grand domino tira d'un portefeuille une petite boucle de cheveux noirs et luisans, nouée par le milieu d'un fil de soie, et le vicomte laissa échapper un cri de surprise.

— Les reconnais-tu? dit le petit homme en riant aux éclats; madame la vicomtesse a des cheveux superbes, regarde.

Le vicomte demeurait comme pétrifié; il voulait arracher la boucle de cheveux des mains du géant, qui lui paralysa le bras d'un coup de poing et faillit le renverser; puis, tandis qu'il reprenait l'équilibre, la porte de la loge s'ouvrit, et se referma presque aussitôt: les deux personnages mystérieux avaient disparu; et le vicomte, se trouvant seul, crut d'abord sortir d'un cauchemar.

XIV

Trois Heures du matin.

La pluie tombait avec violence, et le péristyle de l'Opéra était plein de monde qui, pour s'en aller, attendait la fin de l'averse, car ceux qui n'avaient pas d'équipages étaient fort à plaindre : il n'y avait pas une voiture de place, et l'on enfonçait à mi-jambe dans les ruisseaux. On voyait par-ci par-là quelques dominos attardés, qui s'enfuyaient sans parapluies, leur blouse retroussée; mais il fallait vraiment du courage pour s'embarquer dans les rues : aussi les moins pressés ou les moins intrépides se réfugiaient en foule dans les passages de l'Opéra, et faisaient la fortune des restaurateurs. Quant au vicomte, il ne s'aperçut point du mauvais temps; et, sans prendre garde aux voitures qui l'éclaboussaient, impatient d'arriver chez lui, il traversa le boulevart en courant.

Cependant Louise n'était pas couchée; et, malgré toutes les instances de sa mère, elle ne voulait point se mettre au lit avant le retour du vicomte : assise en face de la cheminée, elle regardait à chaque instant la pendule, et laissait échapper de profonds soupirs. On entendait la pluie qui fouettait les vitres, et l'ouragan qui battait les persiennes contre les murs; le vent chassait la fumée dans la chambre et faisait flamber les tisons comme un soufflet. C'était bien la plus affreuse nuit de janvier qu'on pût voir.

— Allons, ma fille, je t'en conjure, disait madame Delisle accablée de sommeil, couche-toi : voilà ce qui te fait du mal, c'est de veiller si tard.

— Non, maman, je veux l'attendre; je ne pourrais pas dormir; je suis dans une mortelle inquiétude.

— Tu es trop bonne, mon enfant; va, ton mari n'est plus digne à présent de l'amour que tu as pour lui : je suis désolée de ne pas l'avoir connu plus tôt. C'est un égoïste, un homme froid qui vous aime aujourd'hui, et demain vous méprise... Vois-tu, j'ai la conviction, comme je te l'ai déjà dit cent fois, qu'il a quelqu'autre passion en tête : je te fais de la peine, ma pauvre fille; mais je suis ta mère, et je dois te parler franchement.

Louise fondait en larmes :

— Non, maman, vous êtes dans l'erreur, et c'est l'attachement que vous me portez qui vous rend injuste à son égard.

— Je ne demande pas mieux que de me tromper, ma chère Louise; mais, enfin, je suis bien forcée de croire à l'évidence : où peut-il être maintenant, à cette heure? Quoi! sans te prévenir, sans prévenir personne, il s'échappe de la maison, et te laisse toute la nuit, seule, en proie à la plus cruelle anxiété? Certes, un homme d'honneur ne se conduit pas de la sorte, et la place d'un mari, à trois heures du matin, est auprès de sa femme, lorsqu'il a le bonheur d'en posséder une comme toi.

— Ah! maman! continua Louise en pleurant davantage, il ne m'a pas adressé la parole de toute la journée... Il s'est enfermé dans son cabinet, et je ne l'ai pas même entrevu. On m'a dit qu'il n'avait jamais été plus sombre, plus rêveur qu'aujourd'hui; on l'entendait se promener à grands pas : Melchior est entré dans sa bibliothèque pour lui porter une lettre, et l'a vu qui chargeait un pistolet!... Ah! mon Dieu! j'y pense!... Cette lettre était peut-être un cartel... on l'a peut-être offensé... et Charles est si vif, si impétueux!... Oui, bien certainement, c'est un cartel, et mon pauvre Charles n'existe plus!...

Les sanglots de Louise redoublèrent; et sa mère la pressa tendrement dans ses bras.

— Mais tu n'es pas raisonnable, mon enfant; à quel propos imaginer des choses pareilles. Te voilà tout de suite en larmes comme une veuve, parce que ton mari passe la nuit dehors; et ton imagination travaille, parce qu'un domestique a cru voir son maître manier un pistolet : tu sais que M. le vicomte est un original incompréhensible; sa manie est de fermer les volets, dès qu'il entre dans sa bibliothèque, de sorte qu'on n'y voit goutte; et ce que Melchior a pris pour un pistolet n'était peut-être que la clé de la porte.

— Oh! non, reprit la jeune femme en secouant la tête avec tristesse; je dois m'attendre à quelque affreux malheur, et je crois aux pressentimens. Toutes les nuits, quand Charles repose à côté de moi, j'entends des cris sourds et plaintifs qui s'échappent de ses lèvres, des mots inarticulés, mais qui trahissent l'agitation de son âme... je vois des pleurs couler abondamment de ses yeux fermés, et sillonner son visage pâle et maigri!... Je n'en doute pas, il médite quelque chose... Une vengeance ou bien un suicide!...

— Enfantillages, Louise!

— Mais enfin, que peut-il faire dehors par ce temps?... Ordinairement il sort en voiture : ce soir, il est sorti à pied... en redingote, dans le costume le plus négligé. — Où peut-il être allé, maman? Ce n'est pas au bal... on n'y va pas en redingote!... Oh! oh! mon Charles! il s'est tué!...

— Tu me désoles, ma fille; je n'ai jamais vu personne plus impressionnable que toi : certes, je trouve étrange la conduite de ton mari, et je ne comprends rien à son absence; mais ce n'est pas une raison pour croire qu'il est allé se jeter à la rivière. Sois tranquille, ma pauvre Louise, les hommes de son caractère ne se tuent jamais; ils tiennent beaucoup trop à la vie : pendant que tu pleures toute seule avec ta mère, il est probablement dans une maison de jeu, et compromet ta fortune à la roulette; je me suis laissé dire qu'il avait cette malheureuse passion, et j'attribue son changement d'humeur et de visage à quelques pertes considérables. — Je voudrais en être sûre, ma bonne Louise, et je ne laisserais pas huit jours de plus ta dot aux mains d'un joueur; va, j'aurais bien vite obtenu séparation de corps et de biens, et certainement tu serais plus heureuse auprès d'une mère qui t'aime, que soumise aux caprices d'un homme que je rougis de nommer mon gendre.

— On l'a calomnié, reprit Louise avec chaleur; il est incapable d'une bassesse; il n'est jamais entré dans une maison de jeu; non, je le connais, son âme est pleine de noblesse, et ce n'est pas une sordide question d'argent qui le préoccupe et lui fait répandre des torrens de pleurs !... Mais plus j'y pense, plus je rassemble mes souvenirs, et plus je suis persuadée qu'il y avait quelqu'un dans ma chambre... cette nuit terrible où je suis venue t'éveiller... Non, non ! ce n'était pas le cauchemar ! — J'avais les yeux bien ouverts, je ne dormais pas alors... quand j'ai vu son ombre se dessiner sur le rideau de la fenêtre !... Il était grand, et ne faisait aucun bruit en marchant. — Tu n'as pas voulu me croire, et pourtant j'avais encore les marques de ses ongles sur les bras !... Il s'est penché sur moi, pendant que je dormais, je te le jure ! et je ne pouvais pas respirer, tant sa poitrine pesait sur ma poitrine !... Maman ! maman ! je suis victime d'une abominable méchanceté... Maintenant je comprends la colère de Charles, il a raison de me croire coupable... car il n'est pas le père de l'enfant qui remue déjà dans mes entrailles !

— Je t'en prie, Louise, ne dis pas cela ! c'est une folie. Et comment veux-tu qu'on ajoute foi à de pareilles balivernes?... Je te répète que cette nuit-là tu avais les nerfs très agités encore de la scène du pavillon, ce qui t'a donné le cauchemar. Il est impossible d'ailleurs qu'un homme ait pénétré dans ta chambre sans traverser la mienne, puisque la porte du corridor était fermée à double tour, quand je suis entrée chez toi ; et, pour te faire plaisir, j'ai regardé partout, sous les meubles, dans les armoires, derrière le rideaux : rien n'était dérangé. A coup sûr, un malfaiteur n'aurait pas laissé ta montre et ta chaîne d'or pendues au clou de la cheminée ; mais tu rêvais probablement de voleurs, d'assassins,—tu t'es réveillée en sursaut ; puis, comme la lune donnait dans ta chambre, il t'a semblé voir remuer quelque chose, et ce n'était qu'un jeu de lumière...

Tout à coup la pluie sembla redoubler ; c'était comme le bruit de la grêle sur les vitres, et le vent s'engouffra dans la cheminée si impétueusement qu'il entraîna des briques et des morceaux de plâtre qui tombèrent avec fracas sur les tisons brûlans. Louise ne put retenir un cri, et se renversa convulsivement dans son fauteuil. Au même instant des pas résonnèrent dans une pièce voisine, et l'on entendit la voix du vicomte qui s'emportait contre son domestique.

— C'est lui ! dit madame Delisle en se levant précipitamment de sa chaise ; il est encore de mauvaise humeur, et je ne veux pas qu'il me trouve ici : je suis vive, nous pourrions nous quereller, et toute sa colère retomberait sur toi quand je serais partie. Il m'a prise en grippe, je ne sais pourquoi ; mais je n'en continuerai pas moins à faire mon devoir de mère, à lui parler tête levée ; je ne tremblerai jamais devant lui.

— Infâme paresseux ! cria le vicomte avant d'entrer dans sa chambre à coucher ; me laisser frapper deux heures !... Une autre fois je vous chasse !

— Adieu ! ma fille, ajouta madame Delisle prenant bien vite son bougeoir, et courant vers la porte qui menait à son appartement ; je me sauve, car il est comme un lion...

Elle n'avait pas refermé la porte, que le vicomte parut, tout pâle, les habits trempés, les cheveux tombans sur le front et ruisselans ; il était couvert d'éclaboussures de la tête aux pieds.

— Quoi ! madame, dit-il brusquement, vous n'êtes pas couchée ?

— Je vous attendais, Charles, répondit Louise avec douceur ; mais dans quel état vous êtes !... Mon Dieu ! vous devez avoir froid... Changez bien vite de vêtemens.

Puis elle tira d'une armoire une houppelande, et jeta quelques bûches au feu, pendant que son mari la considérait, les bras croisés.

— Vous ne me demandez pas d'où je viens, madame...

— Ce n'est pas indifférence de ma part, Charles ; mais j'avais peur de vous irriter contre moi...

— Eh bien ! madame, je reviens du bal, ajoute le vicomte avec un rire amer.

— Dans ce costume... Charles; — vous plaisantez...

— Non, madame, je ne plaisante pas, continua-t-il en branlant la tête; je ne suis point d'humeur à plaisanter : le costume n'y fait rien; je vous dis que je viens du bal, — du bal masqué de l'Opéra, madame.

— Ce n'est pas bien, Charles, repartit Louise qui ne put soutenir le regard fixe et courroucé du vicomte; vous m'avez mise dans une inquiétude affreuse... Je tremblais qu'il ne vous fût arrivé quelque chose : Charles, je vous en conjure, une autre fois, prévenez au moins votre domestique!... Si vous saviez quelle horrible nuit j'ai passée là!...

— Je viens d'en passer une plus horrible, madame! — J'ai plus souffert au bal de l'Opéra que vous dans votre chambre, au coin du feu...

— Je vous crois bien, mon pauvre ami, dit Louise avec un air de reproche plein de tendresse; sortir à pied, par un si mauvais temps; il y a de quoi gagner une fluxion de poitrine : mais approchez-vous du feu, l'eau coule de vos habits; vous auriez mieux fait, Charles, de ne pas aller à ce bal...

— Croyez-vous donc que c'était pour mon plaisir, interrompit le vicomte d'un ton brusque; tenez, madame, voici ma lettre d'invitation.

Il déploya le billet anonyme qu'il avait reçu dans la journée, et le lut tout haut d'une voix tremblante : Louise tressaillit à chaque mot.

— *Je vous parlerai de votre femme;* entendez-vous, Louise? *et je vous montrerai le quidam.*

— C'est une atroce calomnie! s'écria-t-elle énergiquement, et j'espère que vous n'êtes pas la dupe d'un piége aussi grossier; vous méprisez les lâches mensonges d'un anonyme. Vous avez des ennemis, Charles, et je suis leur victime! Les misérables! pour vous poignarder impunément, ils vous écrivent des infamies sans signature; mais voilà tout! Ils n'oseraient pas dire ce qu'ils écrivent... Vous ne les avez pas vus.

— Je les ai vus, madame, répliqua le vicomte d'une voix terrible : ils étaient deux, — ils m'ont abreuvé d'outrages!... Je ne voulais pas les croire; mais ils m'ont donné des preuves irrécusables! Ils m'ont tourné le poignard dans le cœur à plaisir!... L'un d'eux vous a possédée, madame!

— Non! non! reprit-elle avec force, je le jure devant Dieu! Ce n'est pas vrai! — Mais nommez-les-moi, ces infâmes... qui sont-ils? Je veux les voir à l'instant; conduisez-moi près d'eux!... Je les forcerai bien de se rétracter, et d'avouer qu'ils ont menti, comme les derniers des scélérats.

— Je ne prendrai pas le change, madame, tout ce bruit ne m'en impose pas. C'est vous, au contraire, qui m'allez dire leur nom, car c'est vous qui le savez. L'un d'eux est votre amant, il s'en vante, et demain je veux qu'il n'ait plus une goutte de sang dans les veines. Je vous conseille de trembler pour lui, madame, car son arrêt de mort est prononcé : vous ne le verrez plus.

— Oui! j'espère que vous me vengerez, Charles; vous n'êtes pas homme à me laisser insulter aussi cruellement. Je regrette de n'être qu'une femme!... j'aurais bientôt fermé la bouche à ces deux calomniateurs!

— Leur nom, madame! reprit le vicomte en frappant du pied et froissant la lettre dans sa main; encore un coup, leur nom!

— Comment pourrais-je le savoir? répondit-elle ingénument; je ne les ai pas vus, moi...

— Je les ai vus, madame, mais ils étaient masqués. — Ils m'ont accablé d'humiliations; — ils m'ont, peu s'en faut, dit le jour où vous m'avez indignement trahi!

— Et vous n'avez pas arraché leur masque! s'écria Louise dans un transport d'indignation; vous n'avez pas mis à nu leur visage pour le souffleter! Vous ne les avez pas forcés, le pied sur la gorge, à se nommer, à vous demander pardon !... O Charles, je ne vous reconnais pas là.

Alors toute la colère du vicomte éclata; il saisit le bras de Louise, et le secoua rudement.

— Est-ce pour me narguer, madame, que vous me faites ces reproches? Vous m'accusez au lieu de tomber à genoux... Non, je n'ai pas arraché leur masque, — je ne leur ai pas mis le pied sur la gorge... parce que j'étais le plus faible. — Eh! pouvais-je lutter avec *ce fort de la halle* que vous avez pris pour amant!... Il me tenait comme je vous tiens; — sa main calleuse me serrait comme cette main vous serre! — Que vouliez-vous que je fisse?... Je n'avais pas un poignard. — Il a bien fallu dévorer ma rage! il m'a fallu supporter leur rire insultant!... Oh! comme ils jouissaient de mon supplice, de mon désespoir!...

— Mais, Charles, répliqua vivement la jeune femme, ce n'est peut-être qu'une intrigue de bal masqué, une mauvaise plaisanterie : ils parlaient probablement au hasard.... On m'a dit que certaines gens ne se déguisaient que pour offenser les maris et calomnier impunément les femmes...

— Ils ne vous ont pas calomniée, madame; — ils n'ont dit que la vérité! Ils m'ont dit une chose qu'un seul être au monde, hors votre mère et M. d'Escas, pouvait savoir; — ils m'ont dit que vous étiez grosse!

Louise jeta un cri, et tomba raide sur le parquet.

— Ce n'est pas tout, continua-t-il en se penchant sur Louise d'un air menaçant; pour ne me laisser aucun doute, pour mieux étaler devant moi votre infamie, ils m'ont fait voir une boucle de vos cheveux, comme un trophée d'adultère!...

— Ah! s'écria Louise en levant ses mains vers le ciel, et sanglotant.

— Vous l'aimez donc toujours, malheureuse, puisque vous n'osez pas le nommer? Mais vous avez beau faire, vous parlerez... je vous arracherai son nom de la bouche! — Il faut que je me venge, — que je fouille dans son cœur avec mon épée, comme il a fouillé dans le mien avec l'ironie!... Oh! je lui ferai souffrir tout ce qu'il m'a fait souffrir, je laverai ses crachats avec du sang!... — Allons, madame, je vous ordonne de parler! — Dites-moi son nom!

Louise pleurait toujours à chaudes larmes; elle regardait son mari sans lui répondre.

— Son nom! son nom! reprit-il en lui saisissant de nouveau la main; je ne vous lâche pas que vous ne m'ayez dit son nom! Tremblez! car je suis capable de tout... Il faut absolument que j'aie sa vie; et si vous me privez de ma vengeance, malheur à vous!

— Eh bien! Charles, tuez-moi! je ne connais pas cet homme!

Il y avait dans l'accent de Louise quelque chose de si déchirant, que le vicomte en fut ému jusqu'au fond de l'âme, et s'adoucit tout à coup.

— O ma chère Louise, je t'en conjure! par pitié, dis-moi qui!... J'aurai la force de te pardonner, je le sens; car il m'est impossible de vivre sans toi!... ma destinée est de t'aimer!... — Je voudrais te haïr, que je ne le pourrais pas! Malgré ton crime, malgré ta souillure, je te préfère encore aux autres femmes... C'est de l'aveuglement, j'en conviens, — de la folie, mais je t'aime!... Oh! fais-moi connaître le misérable qui t'a séduite, par tout ce qu'il y a de plus sacré, je t'en supplie!... Tiens, me voici à tes genoux! — Je te rendrai mon estime... tu seras toujours ma Louise : j'oublierai tout!... Mais dénonce-le-moi bien vite, ce monstre, que je l'écrase!... que j'éparpille sa chair sous mes pieds; car chaque fois qu'il respire, c'est une honte, un supplice pour moi! — Peut-être encore maintenant, il se vante de m'avoir déshonoré, d'avoir tenu ma femme entre ses bras! — Je le tuerai, te dis-je! il faut que je le tue! — Après cela je pourrai vivre, et je t'aimerai comme si tu avais toujours été pure.

— Charles! Charles, dit Louise, en couvrant de baisers les mains de son mari penché sur elle.

— Parle, mon ange; je ne te demande pas un grand sacrifice, car tu ne l'as jamais aimé, cet homme; ce n'est qu'à force de ruse et de fourberie qu'il a triomphé de ta jeunesse, et maintenant il s'en va publiant partout sa bonne fortune; il te méprise comme la dernière des créatures! je te vengerai!...

— Oui! Charles, venge-moi!

— Mais qui dois-je frapper, Louise? Je n'aurai pas un moment de repos, tant que je ne le verrai pas couché raide mort devant moi. Je veux qu'il soit à six pieds sous terre, et cloué dans le cercueil; autrement, je craindrais toujours de le voir reparaître, le rire à la bouche, pour me dire qu'il t'a possédée avant moi! — Parle, Louise, je t'écouterai jusqu'au bout sans colère; je te le jure sur l'honneur, je ne te ferai pas un reproche.

Louise, encouragée par ces paroles, tourna sur lui des yeux pleins de reconnaissance.

— Et moi, Charles, répondit-elle, je vous jure de vous dire toute la vérité; je dois vous sembler bien coupable, et je ne vous accuserai jamais d'injustice; l'apparence est contre moi. Il y a dans tout ceci quelque chose d'incompréhensible, un mystère épouvantable où mon esprit s'égare, c'est une fatalité. — Vous savez, Charles, je vous ai souvent parlé d'un homme que je crus voir une nuit dans ma chambre, en m'éveillant, après un rêve effroyable...

— C'était lui?... demanda le vicomte d'une voix sourde.

— Oui! maintenant, Charles, je n'en doute plus. Je le disais bien à ma mère : j'étais sûre qu'un homme était venu dans ma chambre, qu'il m'avait presque étouffée pendant mon sommeil... Eh bien! elle m'a traitée de folle, de visionnaire; et le lendemain, vous avez ri, vous le premier, de ma terreur panique, de mon prétendu cauchemar!... Pourtant j'avais raison, ce n'était pas une chimère, le fantôme était réel : — Je sens encore ses doigts furieux qui m'étreignent, cette masse qui m'écrase, cette haleine de feu qui me souffle au visage!... Je voulais crier, mais je ne le pouvais pas; je comprenais bien que je dormais, et je ne pouvais me réveiller : mes yeux lourds refusaient de s'ouvrir, il m'était impossible de faire aucun mouvement; c'était comme une paralysie dans tous les membres.

— Où voulez-vous en venir, madame? interrompit le vicomte, dont la fureur assoupie commençait à se ranimer.

— Je n'ai pu résister, Charles : je vous dis que je dormais, j'étais en léthargie... Il a fait de moi tout ce qu'il a voulu. Il aurait dû me tuer!

— Encore une fois, madame, que signifie cela? s'écria le vicomte d'une voix terrible, et se levant de toute sa hauteur.

— Cette nuit, Charles, m'a été bien funeste! le soir encore j'étais pure, je m'étais endormie en pensant à vous, et j'avais des songes délicieux qu'embellissait votre image! J'entendais le son de votre parole; mes yeux ne pouvaient soutenir l'éclat de vos yeux, et je sentais votre cœur battre sur ma poitrine, quand cet homme est venu me serrer dans ses bras...

— Pas un mot de plus, madame, car vous mentez!

Ses dents s'entrechoquaient de rage; il était d'une pâleur blafarde, et ses cheveux longs et mouillés qui lui pendaient sur le front donnaient à sa physionomie quelque chose d'étrange et de fatal : ses poings se contractaient comme pour frapper.

— Je vous ai dit la vérité, Charles, j'en prends le ciel à témoin!

— Voulez-vous bien me dire son nom! continua-t-il, en la secouant par les deux bras, je ne suis plus maître de moi!

— Je suis innocente...

— Ah! reprit-il; puis, s'armant d'une canne à dard qui se trouvait près de la cheminée, il la brandit tout ouverte sur Louise; mais ce ne fut qu'une seconde : il jeta son poignard bien loin de lui.

— Sortons, murmura-t-il, je la tuerais!

Louise demeura seule tout le reste de la nuit.

XV

L'Accouchement.

Il y avait six mois que le vicomte Armand vivait retiré dans sa maison de campagne aux environs de Fontainebleau ; il était censé faire un voyage dans le Midi pour la santé de sa femme ; et, comme il n'avait emmené qu'un domestique de confiance, il espérait tenir secret le motif qui l'éloignait de Paris. Cependant Louise devait accoucher d'un jour à l'autre ; la tristesse et le dépérissement du vicomte augmentaient à mesure que le terme fatal devenait plus proche. Il ne voyait personne, à l'exception de M. d'Escas, qui lui faisait régulièrement tous les matins une visite, et qui lui parlait toujours du bonheur et des joies de la paternité. Néanmoins, le vicomte n'était plus à l'aise, comme autrefois, dans ses conversations avec M. d'Escas ; il croyait démêler, par momens, à travers le sourire du vieillard, quelque chose de sardonique et d'amer qui l'effrayait : son intrigue avec Léontine lui revenait continuellement à l'esprit.

Un soir de juillet, M. d'Escas se trouvait dans la chambre de sa femme, pendant que celle-ci berçait l'enfant dans ses bras pour tâcher de le rendormir, et l'accablait à chaque instant de baisers et de caresses entremêlées de larmes.

— Charles ! disait-elle, mon petit Charles ! que tu es beau ! que je t'aime !...

Et son mari, tout debout devant la fenêtre, regardait le coucher du soleil qui rayait les nuages de pourpre et d'or ; depuis une heure qu'il était en contemplation, il n'avait pas dit une parole et ne s'était pas retourné une seule fois.

— Mon pauvre petit Charles ! continuait la jeune mère en soupirant ; puis ses baisers recommençaient plus tendres, plus bruyans.

— Aurez-vous bientôt fini de baisoter votre enfant, madame ? interrompit le vieillard en frappant du pied ; cette musique-là me rompt les oreilles, et toutes vos simagrées m'impatientent ! Dieu me pardonne ! vous pleurez comme une Madeleine ; ce marmot est trempé de vos larmes, prenez garde, vous l'enrhumerez.

Léontine devint rouge, et ses pleurs coulèrent plus abondamment.

— Que diable avez-vous à pleurer, madame ? reprit durement le vieillard ; vous n'auriez pas les yeux plus gros et plus mouillés si les croque-morts emportaient notre enfant pour l'enterrer, et pourtant le gaillard est bien en vie ; il fait presque autant de bruit que vous, avec ses glapissemens sempiternels qui réveilleraient un sourd. — Je vous conseille de ménager vos lamentations et vos larmes ; on ne sait pas ce qui peut arriver... nous sommes tous mortels... il ne faut pas grand'chose pour tuer un enfant qui tette !... Le vôtre est charmant, sans doute ; mais demain vous ne l'aurez peut-être plus.

— Quoi ! monsieur, pourriez-vous désirer le perdre, ce bel ange ?

— Sans doute, madame, c'est un ange ! répliqua le vieillard avec un signe approbatif et railleur ; sa place est au ciel ; et le croup, d'un moment à l'autre, pourrait fort bien le renvoyer parmi les anges, ses confrères : le croup, ou toute autre chose !... Alors vous auriez raison de vous lamenter, de sangloter, de crier : Mon Charles ! Il faut réserver quelques larmes pour l'occasion !... Tenez, madame, il pleuvra demain ; voyez-vous ces gros nuages ?

— Que vous êtes cruel, monsieur ! vous prenez plaisir à me faire de la peine : vraiment je ne vous reconnais plus, — votre caractère est tout à fait changé. Ce fils que vous désiriez tant, vous ne l'avez pas embrassé depuis des mois : lorsque la souffrance lui arrache des cris, au lieu de l'endormir dans vos bras, vous le grondez rudement comme si la petite créature pouvait comprendre. Vous l'avez pris en horreur, je ne sais pourquoi, et lorsqu'il vous tend ses petites mains, vous détournez la tête avec dégoût!... Vous traiteriez mieux l'enfant d'un étranger!

— C'en est trop! madame... Et le vieillard devenait pâle de colère et marchait à Léontine, quand la grosse Marie annonça que le domestique du vicomte Armand voulait parler à *monsieur*, de la part de son maître.

— Qu'il entre, dit M. d'Escas.

— Eh bien! qu'y a-t-il de nouveau, mon ami? comment va madame la vicomtesse?

— A merveille, monsieur, vous êtes bien bon, répondit Melchior; M. le vicomte m'envoie pour vous dire que madame vient d'accoucher très heureusement d'une fille...

— Bravo! bravo! s'écria M. d'Escas dans un transport de joie; enfin!!... que je suis heureux! Une fille! mon bon Melchior, en es-tu bien sûr?

— Oh! oui, monsieur, répartit le domestique avec un gros rire; j'ai déjà vu mademoiselle; une chair superbe, un peu rouge, mais grasse et dodue, que ça fait plaisir. Vous serez content, monsieur.

— Enchanté! mon ami. — Ce bon vicomte, le voilà père! Tu ne pouvais m'apporter une meilleure nouvelle, et parbleu! je veux t'en récompenser! tiens, prends ce louis pour ta peine.

— Oh!... monsieur, dit Melchior, qui se confondit en salutations jusqu'à terre, vous êtes vraiment trop bon... je ne sais comment vous remercier.

— Pour tout remerciement, grise-toi, mon brave, à la santé de la petite Michelette, car je suis son parrain, et je veux la nommer Michelette. — Ah! tu m'as mis du baume dans le sang : l'excellente nouvelle! S'il n'était pas si tard, j'irais tout de suite embrasser le père, la mère et l'enfant; mais non, je veux laisser aujourd'hui ce cher vicomte entièrement occupé de son bonheur. Il y aurait de la cruauté de ma part à lui voler une minute le premier jour de sa paternité. Mais demain, je compte me dédommager. Dis-lui combien j'ai hâte de lui faire mes complimens. Il me verra demain de grand matin.

— Oui, monsieur, je ne manquerai pas de dire à M. le vicomte toute la part que vous prenez à l'heureux accouchement de son épouse.

— Tu as raison, Melchior, j'y prends beaucoup de part, et plus qu'il ne croit sans doute. — Allons, adieu, mon ami, à demain.

Melchior fit deux profonds saluts, et sortit de la chambre à reculons.

— Michel! cria M. d'Escas, qui vit par la fenêtre le rustre monté sur un âne qu'il étouffait presque entre ses jambes ; viens dans mon cabinet, j'ai quelque chose à te dire.

— Me voici, mon parrain.

M. d'Escas et son filleul se rencontrèrent dans l'escalier : Michel n'était plus en blouse comme autrefois; il avait un bel habit bleu à boutons de métal, un large pantalon de nankin, une casquette de loutre, à peu près de la couleur de ses cheveux; et des bottes cirées à l'œuf avaient remplacé les gros souliers ferrés qu'il portait plus souvent à la main qu'aux pieds. Sa barbe, si long-temps vierge, était rasée; il coupait régulièrement tous les dimanches ses ongles longs et noirs. Aussi, dans le village, il passait pour un élégant, et les paysannes se trouvaient fort honorées de plaire à M. Michel.

— Mon garçon, dit M. d'Escas en lui tapant sur la joue, demain, à sept heures du matin, nous ferons une promenade ensemble; n'en parle à personne, entends-tu?

— Non, mon parain, vous savez que je suis discret; je n'en parlerai pas même à mon petit doigt.

— Madame la vicomtesse est accouchée, Michel, et nous irons lui rendre une visite. Es-tu content ?

— J'en crève de joie, répondit le campagnard en sautant comme un ours qui veut danser ; mais il faudra me faire beau pour aller avec mon parrain ; je mettrai mon habit couleur de brique, mon castor et ma cravate cerise... Je me débarbouillerai, je me peignerai, car il faut avoir une tenue devant les dames,... n'est-ce pas, mon parrain ?

— Non, Michel, interrompit M. d'Escas ; il pleuvra demain et tu gâterais tes habits neufs. Tu viendras en blouse, et mis le plus simplement possible, — comme l'an dernier.

— O mon parrain ! c'est qu'il se moqueront de moi les paysans ;... d'ailleurs, ma blouse est en loques et toute sale.

— Tant mieux, Michel ; surtout prends des sabots ; j'ai mes raisons.

— Des sabots, mon parrain ? demanda le rustre ébahi, la bouche et les yeux tout grands ouverts ; c'est pas honnête d'aller chez les gens avec des sabots.

— Fais ce que je te dis, Michel, il y a beaucoup de boue, et puis... j'ai mes raisons. — Nous causerons en route.

— J'entends, mon parrain. — Est-ce encore une petite vengeance ? ça m'est égal.

— Peut-être, Michel.

— Eh bien ! je vais raccommoder ma blouse, mon parrain, et donner un tour à mes sabots.

— C'est inutile, Michel ; va te coucher, et sois demain sur pied avant six heures. Il se peut que j'aie besoin de toi.

M. d'Escas se retira dans sa chambre, et dormit d'un sommeil très agité. Sa femme ne passa point une meilleure nuit ; elle était cruellement préoccupée de l'accouchement de Louise, et se voyait pour jamais privée du vicomte. Elle ne pouvait s'empêcher aussi de penser avec terreur aux colères étranges et continuelles de son mari, qui semblait couver sourdement une vengeance. Quand Léontine fermait les yeux de fatigue, et commençait à s'assoupir, les cris de son enfant la réveillaient ; et ce ne fut qu'à cinq heures du matin qu'elle parvint à s'endormir. Elle tomba dans une espèce de léthargie.

Le vicomte Armand couchait dans une chambre attenante à celle de sa femme. Il venait de se lever, et marchait, comme d'habitude, en long et en large, les bras croisés, la tête penchée sur la poitrine.

— Je suis le plus misérable des hommes, pensait-il, et si je faisais bien, je me tuerais ! C'est le seul moyen de m'extirper du cœur cet amour que je ne peux étouffer, et dont je rougis... car je l'aime toujours, cette femme qui m'a traité si indignement !... Ah ! je ne l'ai jamais plus aimée !... Et, pourtant, elle n'a pas voulu me nommer l'infâme !... Dire qu'il y a sur la terre un être qui m'a fait tout ce mal, et qui sait tout ce que je souffre !... Un être qui peut rire quand je passe, me montrer au doigt, me cracher ma honte à la face, et crier partout : Cet enfant n'est pas de lui !... S'il pouvait mourir, cet enfant !... Oh ! pourquoi ne s'est-il pas desséché dans le ventre de sa mère !... J'aurai donc toujours devant les yeux cette vermine, ce bâtard, que je devrais mettre au coin de la borne, et qui va bientôt me bégayer *papa !* — Au moins, si personne au monde ne savait mon outrage ! si je n'avais que mon cœur pour confident ! Mais non, je suis maintenant peut-être la fable de tout Paris !... Ces libertins sont pleins de vanité ;... ils ne séduisent une femme que pour la tympaniser, pour faire parler d'eux, et colporter leur bonne fortune dans tous les cercles !... Que je suis malheureux !

On frappa doucement à la porte, et M. d'Escas entra, la figure riante, et marchant sur la pointe du pied ; les deux amis coururent au devant l'un de l'autre, et s'embrassèrent.

— Vous êtes donc père de famille, mon excellent vicomte, dit le vieillard en lui serrant la main de toutes ses forces ; parbleu ! je vous en félicite ! N'est-ce pas que c'est une grande joie d'avoir des enfans ? Je vous le disais bien ! je parie que depuis hier vous aimez cent fois plus votre femme ? Oh ! si vous saviez combien je partage votre bonheur !...

— Je le sais, mon digne ami.

— Hier, quand Melchior est venu m'apporter cette bonne nouvelle, j'ai cru que j'en deviendrais fou, tant j'étais ravi. Justement c'est une fille, comme je le souhaitais ; c'est la fiancée de mon Charles ! N'est-ce pas, mon ami, que vous êtes bien heureux ?

— Oui, bien heureux ! dit le vicomte en laissant échapper un profond soupir.

— La joie est comme la tristesse, vicomte, elle fait soupirer. Moi qui vous parle, j'ai manqué d'en mourir à la naissance de mon enfant ; j'étais vraiment trop heureux ; le bonheur est une chose à laquelle il faut s'accoutumer... Je vous trouve changé depuis avant-hier, maigri ; — vous concevez, le cœur de l'homme n'est pas fait pour contenir à la fois tant de félicité : le physique en souffre.

M. d'Escas parlait très vite, et ne détachait pas ses regards du vicomte, qui baissait les yeux, et ne savait que penser du sourire plein d'amertume, qui contractait la bouche du vieillard.

— Mais cette belle enfant, puis-je la voir ? je suis persuadé qu'elle est magnifique, adorable... Je me la figure toute rose, comme un ange bouffi... Je voudrais la tenir déjà sur les fonts de baptême, comme vous avez tenu mon Charles : c'est une dette sacrée dont je brûle de m'acquitter envers vous. — Montrez-moi ma filleule.

— Louise dort, je crois, dit le vicomte, elle est très fatiguée ; mais nous ne ferons qu'entrer et sortir.

Il ouvrit la porte, et M. d'Escas le suivit dans la chambre de la nouvelle accouchée. Elle reposait, sa mère était assise auprès du lit. M. d'Escas et le vicomte s'avancèrent avec précaution vers le berceau de l'enfant.

— Eh bien ! ma chère madame Delisle, dit le vieillard à demi-voix, j'espère que vous êtes contente de votre gendre, qui vous donne une petite fille après six mois de mariage ; il n'a pas perdu son temps.

Madame Delisle répondit par un signe de tête affirmatif, qui n'indiquait pas grande satisfaction ; puis elle écarta les rideaux blancs du berceau, et le vieillard se pencha sur l'enfant qui dormait. On entendait les ronflemens légers de cette frêle créature, qui se mêlaient à la respiration pénible de sa mère : un ricanement sourd et funèbre secouait la poitrine de M. d'Escas.

— Vicomte, disait-il, sur mon honneur, elle vous ressemble d'une manière prodigieuse ! vous êtes bien son père !

— Certainement, ajouta madame Delisle avec gravité.

Le vicomte sentit par tout son corps une sueur froide ; il tressaillit.

— C'est comme mon Charles et moi, continua M. d'Escas, nous nous ressemblons comme deux gouttes d'eau.

Louise ouvrit un instant les yeux, et se tourna vers la ruelle.

— Allons-nous-en, dit le vicomte pour cacher son trouble, nous faisons trop de bruit, elle a le sommeil très léger, et la moindre chose la réveille.

— Rentrons dans votre cabinet, répartit M. d'Escas, en prenant le bras du vicomte, je ne demande pas mieux. Ma chère madame Delisle, vous nous avertirez quand elle ne dormira plus ; je serais bien aise de la complimenter aussi.

Lorsqu'ils furent dans la chambre du vicomte, la physionomie de M. d'Escas devint singulièrement railleuse ; mais il y avait dans son regard encore plus de colère que d'ironie.

— Au moins vous êtes bien heureux, vicomte, vous avez pour femme la vertu personnifiée, et vous êtes sûr d'elle comme de vous. Je connais tant de maris qui n'osent pas aimer leurs enfans, de peur d'aimer des bâtards !... Mais vous, c'est autre chose, vous pourrez adorer le vôtre en toute sûreté, le baiser, le choyer, car c'est bien votre chair, votre sang !

Le vicomte demeurait pétrifié, il s'appuyait à la muraille pour ne pas tomber.

— Et quelle volupté pour vous, continua M. d'Escas, de voir à chaque instant du jour ce frais chérubin pendre au sein maternel, comme une orange après l'oranger ! chacun de ses cris vous paraîtra plus harmonieux que la plus douce musique ; vous serez dans une ivresse continuelle !... Seulement, je vous conseille de ne pas trop l'embrasser, car cela nuit aux enfans, et les empêche de grandir...

Tout en souriant, le vieillard écumait. Souvent sa figure prit une expression diabolique, comme un fantôme dans un cauchemar ; il saisit fortement la main du vicomte.

— Et c'est une chose horrible, murmura-t-il avec rage, de savoir qu'un autre a joui de votre femme ! qu'un autre est le père de votre enfant, et que vous laisserez votre nom au fils d'un étranger ! Alors chaque moment de votre existence est compté par une douleur, par un désespoir atroce et profond qui vous creuse l'âme comme le visage !... Alors on a soif de vengeance, mais une soif ardente qui veut plus que du sang, qui veut des larmes !... Eh bien ! tous ces tourmens, je les souffre !... Voilà neuf mois que j'ai soif de vengeance !

Le vicomte était comme anéanti : il se laissa tomber dans un fauteuil.

— Jeune homme ! vous êtes un infâme, continua le vieillard en lui relevant la tête, un grand infâme ! vous avez abusé de mon âge, de mon amitié pour me faire le plus sanglant outrage ! Jeune homme ! je sais tout !

— Ah !... monsieur ! pardon ! s'écria le vicomte frappé de foudre.

— Vous êtes venu, comme un voleur de nuit, me prendre ma femme et coucher dans mon lit : vous m'avez assassiné comme un lâche, en me serrant la main, en m'appelant votre ami : noble victoire ! Vous avez dit : Je suis beau, je suis jeune, et c'est un vieillard ! il a des cheveux blancs et des rides. — Et tu l'as joué, raillé, couvert de boue, ce vieillard qui t'aimait !... tu l'as déshonoré dans ce que l'homme a de plus cher au monde, sa femme et son enfant !... tu l'as fait mourir à petit feu, au lieu de le tuer tout de suite !...

— Oui ! je suis un infâme ! interrompit le vicomte en se précipitant aux genoux de M. d'Escas, je suis un lâche... un monstre ! Grâce ! grâce !... pardonnez-moi ! Je ne suis pas digne d'embrasser vos pieds... je me fais horreur ! — Oui ! j'ai trahi l'honneur, l'amitié, la confiance... tout ce qu'il y a de plus saint et sacré sur la terre... Vieillard, maudissez-moi !

— Oui ! je te maudis ! tu n'auras plus un instant de repos, de bonheur, plus d'espérance !... tu souffriras tout ce que je souffre ; tu souffriras dans ta femme et dans ton enfant !

— Grâce ! vieillard !

— Non, je te maudis ! Mais ce n'est point assez qu'une malédiction ! ma vengeance remplit toute ta maison, elle est dans le lit de ta femme, dans le berceau de ton enfant !... Jeune homme, rends-moi larmes pour larmes, torture pour torture...

— O bon vieillard ! miséricorde !... Je suis un misérable ! je souffre déjà bien assez... Pitié ! ne m'accablez pas !

Et M. d'Escas tenait toujours le bras du vicomte, qui se couvrait la face avec sa main pour ne pas voir les éclairs qui sortaient des prunelles irritées du vieillard : on aurait dit le bourreau qui saisit la hache pour trancher la tête du condamné.

— Je t'ai fait tout ce que tu m'as fait, jeune homme ! tu subiras la peine du talion : j'ai voulu tuer ton âme avant ton corps. — Tu m'avais déshonoré, je t'ai déshonoré; j'ai souillé ton lit comme tu avais souillé le mien !

— Tu mens, vieillard ! s'écrie aussitôt le vicomte qui se redresse menaçant ; ses mains, tout à l'heure suppliantes, se crispent, se raidissent : tu mens, elle ne t'aurait pas cédé : tu es trop vieux.

— Oui ! je suis trop vieux, autrement je n'aurais pas donné ma place à un autre !... j'aurais accompli ma vengeance tout seul, mais je l'ai remise en bonnes mains. — Je suis trop vieux aussi pour fendre mon bois et bêcher mon jardin, mais qu'importe ! j'en charge un autre, jeune et vigoureux, lui !... — Viens ! viens !

Puis, il entraîna le vicomte dans la chambre de Louise. La jeune mère était éveillé ; elle tenait l'enfant dans ses bras et lui présentait la mamelle.

— Tu m'as trompé, vicomte ! tu as séduit ma femme !... je me suis vengé, tu n'es pas le père de cet enfant !...

Louise et madame Delisle poussèrent un grand cri.

— Imposteur ! reprit le vicomte, c'est ma fille ! prouvez-moi que ce n'est pas ma fille !

Le vieillard ouvrit une porte qui donnait sur un corridor :

— A moi ! Michel ! cria-t-il d'une voix de tonnerre ; et l'on entendit les sabots du rustre claquer sur le parquet.

Il avait le visage pourpre ; sa blouse déchirée lui pendait sur les talons et traînait jusqu'à terre ; des gouttes de sueur tombaient de ses cheveux rouges et crépus. Il portait dans ses bras un enfant au maillot ; c'était celui de M. d'Escas.

— Tiens, vicomte, reprends ton fils, ton Charles, dit le vieillard, je n'en veux plus...

Et, sur un signe de M. d'Escas, Michel déposa l'enfant dans le berceau vide, puis il demeura tout debout, sa casquette de loutre à la main, dans l'immobilité d'un porte-faix qui attend une commission.

— Vicomte, te rappelles-tu ces deux dominos qui t'avaient donné rendez-vous au bal de l'Opéra?...

— Eh bien?

— C'était Michel et moi !

— Grand Dieu !

— Louise, continua le vieillard, en s'approchant du lit, te rappelles-tu cet homme que tu vis une fois dans ta chambre, en t'éveillant?... C'était Michel !

Louise et sa mère s'évanouirent.

— Et voici le père de ton enfant, dit M. d'Escas en montrant le rustre au vicomte ; Michel, embrasse ta fille !

Aussitôt le vicomte, hors de lui, fou de rage, se précipite sur Louise, arrache l'enfant du sein maternel, et le lance de toute sa force au paysan qui se baisse pour éviter le coup : la débile créature va se briser la tête contre le mur.

— Puis le vicomte, rugissant comme une bête féroce, se jette sur Michel qui, sans colère et presque sans efforts, le saisit par les reins, et le plie en deux comme un roseau.

Le malheureux époux s'enfuit dans sa chambre, et l'on entend un coup de feu. M. d'Escas entr'ouve la porte ; il voit un cadavre étendu par terre : la cervelle avait rejailli sur les meubles ; un pistolet fumait encore dans une mare de sang.

— Viens, Michel ! dit le vieillard, je n'ai plus rien à faire ici : remporte cet enfant.

Et Michel enlève du berceau le petit Charles, et suit M. d'Escas.

XVI

Le Vieillard.

Léontine s'éveille avec des pressentimens sinistres; elle n'entend pas respirer son enfant; elle se penche sur le berceau, soulève les rideaux de soie, et pousse un cri... L'enfant n'était plus dans sa couchette. Effrayée, elle sonne à coups redoublés sa femme de chambre, qui s'empresse d'accourir.

— Marie, dit Léontine, pâle et la voix tremblante, où est Charles?

— Mais il est dans son berceau, madame, répond tranquillement la paysanne.

— Non, il n'y est plus!... on l'a pris pendant que je dormais... Ah! mon Dieu! où est-il? Marie, vous devez le savoir : vous en êtes responsable!...

— Mais il ne peut être qu'ici, madame, répliqua Marie, sans se troubler; à six heures, je suis entrée pour voir si madame n'avait pas besoin de moi, et le petit ronflait à merveille, plus fort que sa mère...

— Grand Dieu! disait Léontine, des voleurs sont venus dans ma chambre et l'ont enlevé! Malheureuse! vous avez laissé prendre mon enfant!...

— Mais non, madame, je vous jure que je ne l'ai pas vu sortir. Il ne peut pas être perdu; c'est impossible : je vais chercher partout.

Puis, elle se mit à regarder dans tous les coins de la chambre, sous le lit, sous les meubles, derrière les coussins du canapé, comme elle eût fait pour retrouver son dé ou son étui.

— C'est bien singulier, grommelait-elle entre ses dents, en secouant les rideaux des croisées, il n'est pas là.

Léontine se désolait; elle venait de passer un peignoir, et courait nu-pieds sur le tapis, en appelant son Charles : puis elle prêtait l'oreille; mais pas un vagissement, pas une plainte.

— Comment! tu n'as vu personne emporter mon enfant? Marie, il faut que tu me le rendes!

— Mais, je ne l'ai pas, madame, je vous assure, répondit la bonne, en continuant ses recherches; c'est bien drôle, pas plus d'enfant que sur la main.

— Voilà ce que c'est d'être si paresseuse, vilaine fille, ajouta Léontine en pleurant à chaudes larmes; vous ne regardez ni qui entre, ni qui sort, et vous avez laissé monter quelque mendiant qui m'a volé mon pauvre Charles!...

— O madame! je peux vous jurer qu'il n'est venu personne d'étranger ce matin; je n'ai vu sortir que *monsieur*, et ce mauvais sujet de Michel...

— A quelle heure? interrompit vivement Léontine...

— Il y a deux bonnes heures, madame, et même il était bien gai, *monsieur*; comme il va pleurer, quand nous lui racouterons le stratagème!

— Où allait-il?...

— Ah! je crois, du côté de la mare, pour noyer les petits chiens de Cybèle qui vient d'accoucher, comme vous savez, de cinq bouledogues... Les innocentes créatures! même qu'elles criaient à fendre l'âme, dans la blouse de Michel, absolument comme un enfant qui demande à téter...

— Quoi! misérable! interrompit la jeune femme égarée par le désespoir et la fureur, tu ne l'as pas arrêté?...

— Pardon, madame, répliqua la bonne, même que j'ai voulu voir ces pauvres petites bêtes qui faisaient de la peine avec leurs cris!...

— C'était mon enfant! malheureuse!

— Non, madame ; *monsieur* m'a bien dit que c'étaient les petits chiens de Cybèle.

Et Léontine se lamentait; elle levait les mains au ciel et se frappait le sein :

— Ah! mon Dieu!... mon Dieu! ils l'ont emporté pour le tuer! Charles!... mon Charles! je ne te verrai plus!...

Une toux rauque et bruyante se fit entendre; M. d'Escas parut, son chapeau sur la tête et sa canne à la main. La paysanne, redoutant la colère de son maître, s'enfuit dans le jardin à toutes jambes.

— Qu'avez-vous fait de mon enfant? s'écria Léontine, qui s'élança vers son mari.

— Et toi, femme! répondit le vieillard d'une voix effrayante, qu'as-tu fait de mon honneur?

Elle vit bien, aux regards enflammés de M. d'Escas, qu'elle était perdue, qu'il savait tout, et la terreur étouffa pour un moment dans son âme la tendresse maternelle; elle trembla de tous ses membres, et se laissa tomber par terre.

— Qu'as-tu fait de ma joie, de mon repos, de ma vie? continua-t-il avec une nouvelle explosion de fureur; réponds, femme! qu'as-tu fait de la fidélité conjugale, que tu m'avais jurée en face de ton vieux père? Et tu me redemandes ton enfant!... Demande plutôt que je te laisse vivre!...

— Je vais tout vous avouer! ne me tuez pas, monsieur, disait Léontine en baisant la chaussure poudreuse de son mari, et s'attachant comme un lierre à ses jambes grêles; je suis une coupable! une femme indigne!... Pitié!

— Tu n'as pas eu pitié de mes cheveux blancs, malheureuse! tu n'as pas eu pitié de mon amour! Va, tout ce qu'il y avait de tendre pour toi dans mon âme s'est converti en fiel! Voilà neuf mois que ma haine s'amasse! enfin elle déborde!...

— Monsieur! monsieur! grâce!

Et Léontine embrassait toujours les genoux du vieillard, qui la repoussait du pied; elle tournait vers lui des regards supplians, épouvantés. Sa longue chevelure blonde s'était dénouée, et s'éparpillait sur ses épaules. Elle avait l'air d'une statue de marbre, tant son visage était pâle et mat.

— Tu veux que j'aie pitié de toi, dévergondée! quand tu m'as couvert d'infamie, quand tu n'as pas épargné une seule fibre de mon cœur!... Sais-tu bien que tout ce qu'il y a de sang dans tes veines ne suffirait pas à payer une seule des larmes que tu m'as fait répandre, une seule des tortures que je souffre depuis neuf mois?... Marguerite en mourant m'avait tout dit!

— Ah!... je me repens!... Grâce! monsieur...

— Il est bien temps de te repentir, quand l'heure du châtiment sonne!... Tous les sentimens de la nature les plus sacrés, tous les devoirs les plus respectables, tu les as foulés aux pieds!... Je t'aimais plus qu'une épouse, et tu m'as récompensé par l'adultère! tu as mis un homme dans mon lit, et pour sanctifier ta prostitution, tu m'as fait croire que j'étais père!... Je te demandais un fils, et tu m'as donné un bâtard!... Si ma vengeance n'a pas éclaté tout de suite, c'est qu'elle n'était pas mûre; mais à présent, je suis vengé, comme je voulais! Femme! tu ne verras plus ton enfant!

— Oh! rendez-le-moi! je vous en conjure!... Si vous ne l'avez pas tué, dit Léontine en se traînant à genoux, et ne lâchant pas le vieillard qui marchait pour se dégager d'elle.

— Te le rendre! pour avoir toujours devant les yeux ce témoignage vivant de ton libertinage et de ma honte, pour qu'il usurpe mon nom et ma fortune, pour l'entendre bientôt m'appeler son père; pour te voir, comme hier, le couvrir de baisers et de caresses qui me font monter le rouge au visage, et qui me percent comme des milliers de coups de poignard!... Moi, te le rendre! oh! ne l'espère pas!... Tu ne l'embrasseras plus.

— Il est mort?... vous l'avez tué?...

— Non, je ne l'ai pas tué ; il vivra... mais il est mort pour vous! Jamais vous ne le reverrez.

Elle jeta un cri lamentable.

— Quant à votre cher vicomte, à votre amant, reprit-il avec une joie féroce, allez lui faire une visite amoureuse dans sa chambre à coucher, comme l'an dernier une nuit, et vous pourrez voir sa cervelle collée au mur, et sa tête sans crâne.

— Charles!... ô mon Charles!... s'écria-t-elle en tombant à la renverse, il t'a donc assassiné!...

A ces mots, le vieillard pousse comme un rugissement ; il tressaille : son chapeau roule par terre ; ses cheveux blancs sont tout hérissés.

— O mon Charles! dit Léontine éperdue, toi que j'aimais tant!

— Le vieillard fait deux pas en arrière, lève un pied, et frappe du talon de sa botte le front de Léontine qui s'évanouit, et, toute saignante, reste immobile sur le tapis comme un cadavre...

M. d'Essas s'enfuit dans son parc.

. . . .

Le soir même de ce fatal événement, une espèce de rustre en blouse, grand, large et roux, descendit de la voiture de Fontainebleau, avec un paquet dans une serviette, d'où s'échappaient des vagissemens. Il longea la rue d'Enfer, et déposa un petit enfant à la crêche de l'hospice des *Enfans-Trouvés.*

JULES LACROIX.

FIN.

TABLE DES MATIÈRES.

LA PEINE DU TALION.

www.ingramcontent.com/pod-product-compliance
Ingram Content Group UK Ltd.
Pitfield, Milton Keynes, MK11 3LW, UK
UKHW020929180726
13838UKWH00002B/830